夏商小说系列

夏商

刺那记

华东师范大学出版社

图书在版编目(CIP)数据

刹那记/夏商著.—上海:华东师范大学出版社,2018
(夏商小说系列)
ISBN 978-7-5675-4718-6

Ⅰ.①刹… Ⅱ.①夏… Ⅲ.①短篇小说-小说集-中国-当代 Ⅳ.①I247.7

中国版本图书馆 CIP 数据核字(2018)第 057494 号

刹那记

著　　者	夏　商
策划编辑	王　焰
责任编辑	朱妙津
责任校对	王丽平
装帧设计	夏艺堂艺术设计 + 夏周
出版发行	华东师范大学出版社
社　　址	上海市中山北路 3663 号　邮编 200062
网　　址	www.ecnupress.com.cn
电　　话	021 - 60821666　行政传真 021 - 62572105
客服电话	021 - 62865537　门市(邮购)电话 021 - 62869887
地　　址	上海市中山北路 3663 号华东师范大学校内先锋路口
网　　店	http://hdsdcbs.tmall.com/
印刷者	上海中华商务联合印刷有限公司
开　　本	889×1194　32 开
印　　张	6.25
字　　数	104 千字
版　　次	2018 年 4 月第 1 版
印　　次	2018 年 4 月第 1 次
书　　号	ISBN 978 - 7 - 5675 - 4718 - 6/I·1867
定　　价	32.00 元

出 版 人　王　焰

(如发现本版图书有印订质量问题,请寄回本社客服中心调换或电话 021 - 62865537 联系)

序

出版文集至少有三个作用,一个是归纳较为满意的作品,一个是带有定稿本性质,再一个就是作家的虚荣心。

在严肃文学式微的时代,写作作为一种多余的才华,连同被虚掷的光阴,是无中生有的幻象。有时候,我甚至不认为写小说是一种才华,至多是无用的才华。虚荣心是支撑作家信念最重要的一根拐杖,而这种虚荣心,其实也是自我蒙蔽,写作只是著书者的自欺欺人,它是件私密事,和所有人无关,小说首先是小说家的,其次才是读者的,小说里的故事和现实中的故事最终皆会烟消云散,小说家虚荣的逻辑在于,假装写作是有意义的。

上世纪八十年代末初学写作,转眼三十年,用坊间谐谑的话讲,小鲜肉变成了油腻男。过完半生太快了,再过三十年,说不定就过完了一生。写作这件事,是我延续最久的行为,即便有创作停滞的阶段,对文学还是初恋般凝望,怕与之隔膜太久,断了音讯。

即便如此,写出满意的小说更多时候是一厢情愿,无论满不满意,文字终究慢慢攒起,发表、出版、修订乃至推倒重写,宛如跟自己的长跑,一直掉队,一直掉队,最后败给自己。

小说出版后的命运和作者基本无关,仿佛风筝飘远,作者手里没有线辘——书籍永远在寻找读者,而作家只有一张书桌。

2009年,由上海锦绣文章出版社出版了第一套文集"夏商自选集",四卷本,作为不惑之年的礼物。

这次由华东师范大学出版社刊行的是第二套文集,在此之前,在该社先后出版过讲谈集《回到废话现场》和修订版《东岸纪事》,彼此建立了信任和友谊,尤其是王焰社长对拙著《东岸纪事》不遗余力的推荐,让这部小说获得了更多知音,始终铭记在心。

之所以用"夏商小说系列",依然没有用"夏商文集",理由很简单,希望在更老一些,完全写不动时再冠以这个更具仪式感的名称。

"夏商小说系列"包含长篇小说四种五卷,中篇小说集及短篇小说集各两卷,共八种九卷。比2009年版容量大一些,年纪也增了近十岁,大致是送给知天命之年的礼物了。

借此机会,对作品进行了全面修订,写作之余也喜涂鸦,用毛笔字题签了封面书名。装帧是请留学海外读设计的夏周做的,是我喜欢的极简风格。

再次感谢华东师范大学出版社,感谢这套书的策划编辑王焰社长,感谢责任编辑朱妙津女士。编辑隐身于幕后,作者闪耀于前台,美德总是低调的,而虚荣心总是趾高气昂。

2018年1月18日于苏州河畔寓中

目录

美丽幼儿园　001

口香糖　033

猫烟灰缸　045

日出撩人　063

金色镶边的大波斯菊　077

刹那记　095

高跟鞋　111

集体婚礼　125

金陵客　137

一人分饰两角　147

水果布丁　163

出梅　179

美丽幼儿园

陈小山刚出狱就来找我,站在楼下扯着嗓子喊:"青松青松。"

我从五楼的阳台往下看,那个出现在1989年夏末的小个子男人,骑在一辆自行车上,一只脚踩住绿化铁栅栏,眯着眼睛,手搭凉棚,躲避着毒辣的太阳。

我刚想把头缩回去,已被他瞧见了:"你下来还是我上去啊?"

只好硬着头皮冲他喊:"我下来我下来。"

这个人的出现准没好事,果然,他又有新花样了。在码头边,一边吃排档,一边说他的泡妞计划。吃完了,他把嘴一抹:"刚出狱,没铜钿,今天你请客啊。"

所以说,这个人其实就是个无赖,他兜里有银子的时候,你见不到他身影。他出现了,必是落魄之时。类似的人物在我日后的人生中频频过场,我都能及时识破他们,鄙视并远离之,最初的原形就是陈小山。

而在当时,无赖陈小山完全将我玩弄于股掌之间。因为他掌握了我的弱点,他知道我喜欢一个叫欧阳家佳的姑娘,答应帮我完成夙愿。

作为一个著名的色狼,他在干杯的时候打消了我的顾虑:"放心,我对欧阳家佳没兴趣,我喜欢她们幼儿园那个屁股往上翘的万欣欣。"

我狐疑地看他:"可万欣欣脸上有不少雀斑。"

陈小山笑道:"红楼梦里的晴雯也长雀斑,皮肤白的姑娘才长雀斑,最主要是她屁股翘。"

我当时二十岁,对女人的审美还是初级阶段,不明白屁股翘和脸蛋俏的关系。陈小山从雀斑联想到晴雯,说明他不是文盲加流氓,他读过几本文艺小说。

陈小山读文艺小说不光是为了消遣,而是为了"花"姑娘。这个"花"是上海切口,做动词用,就是"勾搭"的意思。

其实,陈小山生活的意义,都围绕着姑娘,他敬了我一杯啤酒:"我在做笔录的时候,警察骂我是花痴,我反驳他们,我不是花痴,我是情种。"

说完,他用舌头舔去嘴唇上的啤酒沫子,骂道:"这冤枉官司,一年大牢啊。"

陈小山是我电焊车间里的同事,说起来还是带我的师傅。技校生进厂的时候有"应知应会"培训,工段给你指定一个师傅。我们船厂三千多号人,我落到陈师傅手里,说明我们还是有缘人。当然,"有缘"不一定是褒义,也包含冤家和仇人。

陈师傅教我电焊手艺加起来也没 24 小时。这家伙很懒,组织上分配给他一个徒弟,他就当丫鬟使了。别的不说,中午去食堂排队就是我分内事。我排完队,买自己一份,帮他买一份。他跷着二郎腿,也不过来端,我只好端两份,放在他面前。等吃完了,他点一根烟,我去自来水站排队,先洗自己的碗筷,再洗他的。

回车间路上,陈师傅见我不理他,搬出他的理论:"吃三年萝卜干,就媳妇熬成婆了。"

他经常说这样的话,其实就是洗脑。要是放在今天,我肯定毫不留情地予以批驳。可我那时才走出技校大门,就像一件白褂子,还没被工厂这个大染缸上色呢。他是师傅,我只有点头的份。

除了差我当免费丫鬟,陈师傅也有吸引我的地方。说老实话,他就是我的性启蒙老师,当然,说成是流氓教唆犯也行。他那一肚子男盗女娼的泡妞故事,比收音机里的小说联播可带劲多了。为了听他说书,我没少请他吃排档。此刻回想起来,很多细节都有明显编造的痕迹,目的就是为了显摆。但在当时,我不但全相信了,还很崇拜他。

陈小山一直说钱不够用,问我借过几次,都没还。每次借10元,还借过一次20元。我当时的工资是58元。他只借不还,后来我就不借了。可有一天,他忽然把我叫到一边,把70元总借款还给我了。那天下班他还请我吃了一顿排档。印象中,这是他唯一请过我的一顿饭。

吃完饭,他带我去码头旁的集市,一个水果摊前。原来,这水果摊是他和弟弟合伙开的,今天刚好满月,一个月下来,赚了七百多,兄弟俩平分,一人三百多,差不多是我半年工资。怪不得和我了结债务了。

过了一段时间,陈小山带我去他家。他住在老式工人新村的底楼。一共两间房间,他母亲住一间,他和弟弟陈小峰住一间。他母亲坐在小板凳上拣菜,房门没关,我瞥了一眼,看见一个半老男人的黑白遗像挂在墙上。原来陈师傅他爸早没了,之前没听他提起过。

那天他弟弟不在家,平时水果摊进货和守摊主要靠陈小峰,陈小山是下班了才去帮忙。听起来陈小峰有点吃亏,不过这是人家私事,有周瑜就有黄盖。只要陈小峰不计较,不用我们这些旁观者操心。

陈小山带我来是炫耀他的电视机和录像机。也该他炫耀,估计我们车间主任家也未必有这两大件。当然,吸引我的不是这两件电器,而是马上要播映的录像带。

我听陈小山吹嘘他那盘录像带都一个多月了。之前,"黄带"这个词对我来说,不过是市井传说。陈师傅说他那有一盘欧洲片,三点全露。可是看不了。因为缺一台录像机。不过他决定马上去买一台。自从他开了水果摊,手头阔绰了,说话更有底气了,"等买好了,带你去我家看。"说完,拍拍我肩膀:"怎么样?师傅对你不错吧。"

他之所以对我好起来,是因为我刚当上了车间里的团支部书记。他有点拍我马屁了。

我们车间一起分配进来的技校同学，有十七个。之所以我当选团支部书记，是因为我在技校里成了中共预备党员。我们这届共三个班级，出了两个预备党员。另外一个是女生，叫申屠红。分配在喷漆车间，是个圆脸盘扎马尾的高个子姑娘。和我一样，她成了所在车间的团支部书记，后来又升任厂团委的专职副书记，成为真正的国家干部了。

车间团支部书记是个虚职，平时和工人没什么区别。粗活脏活照样干，但也不是一点用没有，厂团委会拨少量经费下来，搞一些活动。经费很少，每次用需要申请，所以大事是办不成的。我刚当选那会儿，特地去打听其他车间怎么组织团员活动。问下来没别的，无非两个固定节目：五四青年节发电影票，和在厂部多功能厅办联谊会。

后者更受团员和青工欢迎，说是联谊会，其实就是相亲会。船厂男青年多，找对象一直是个问题。所以厂部同意把多功能厅借给团委用。这个多功能厅在食堂楼上，平时是厂部接待来宾时开小灶用的，全部摆满开二十桌没问题。没有宴请的时候就空关着，里面有一些简单的设施，话筒、扬声器和一个小小的演讲台。团委的联谊会形式很单一，就是跳交谊舞，中间串联几个歌舞表演，和有奖猜谜。

话筒质量不好，每次主持人念开场白都响起哮鸣音。舞曲也总是那么几首：《秃鹰飞去》《老橡树上的黄丝带》，中间还有一首《交换舞伴》。

陈小山是联谊会积极分子，他泡妞的平台主要也借助于此。他特地去交谊舞培训班学过。"吉特巴"是他最拿手的。他跳的时候，很多人都停下来起哄。他带着姑娘退进自如，状态更好了，像人来疯一样。

舞跳得好，邀请舞伴就很容易。等他和姑娘熟悉一点，就搂着人家跳两步，贴着耳朵说悄悄话，大概是在约人家出去。

姑娘的来源是船厂附近的纺织厂、地段医院以及幼儿园。作为车间团支部书记，我可以开单位介绍信去拜访，向对方团组织发出邀请。这些单位适龄女孩多，也需要结识小伙子，所以一拍即合。那时候国家还没开始实施双休日，联谊会都安排在礼拜天下午，打扮得花枝招展的纺织女工、护士和幼儿园老师结伴而来，多功能厅里满园春色。

所以陈小山要拍我马屁，他希望我利用手上小小的职权，多组织联谊会，他可以借此认识姑娘，为自己的艳史多涂上几笔。

他把门关上，让我坐在床沿，打开电视机，开始捣鼓他的录像机。银屏上出现赤裸男女的时候，他把音量调得很低："老工房，隔音不好。"

看着那些画面，我眼珠都快掉地上了。当然，因为有陈小山在，我不能失态，尽量控制自己，保持镇定。陈小山仰在床上，拿一只枕头，像在闭目养神，我问他："你不看？"

他眼也不睁："我看得背出来了，在脑子里复习呢。"

我裤裆不争气地鼓起来，陈小山道："你还是童子鸡吧？"

我不吱声，他从床上跳起来，把电视机关了："不要再看了，你得找个姑娘，行动最重要。"

我纯洁的灵魂被那盘放到一半的录像带给毁了，男欢女爱的镜头像气球在脑海中飘来飘去。什么叫茶不思饭不想，什么叫孤枕难眠，什么叫欲望。我算是临床体验了。

不久，我认识了欧阳家佳，她是新东幼儿园的老师。是我们常说的冷美人，身形矮小，五官很精致，长得有点像上海女演员龚雪。

按我今天的审美，不会对她产生很大兴趣。别的不说，飞机场身材就打动不了我，根本就是没发育好嘛。然而当年，我像精神病人一样迷上了她，或者说，迷上了她精致而孤傲的神情。

这说明，我对女性的看法还停留在纯情期，没有进化到一见胳膊想大腿，一见大腿想生殖器的兽欲时代。

陈小山给我的感觉一直不缺女朋友，每天下班铃还没响，已候在工厂浴室门口。等他出来，头发用发蜡打过，穿上他常换常新的行头。他在穿上舍得花钱，吃东西倒不讲究，想打牙祭就想到我了。他骑一辆26寸的凤凰自行车，是女式车，用回丝擦得锃亮。当然，有了我这个徒弟之后，擦车就是我的事了。

用发蜡搞了个大包头的陈小山从浴室出来，就骑上凤凰车下班了。第二天,吹嘘和哪个姑娘上了哪个馆子,看了哪场电影,然后把人家带回家睡了。

我们工段的青工嘲讽他:"就你那点赤膊工资,还每天上馆子看电影?"

别人附和道:"就你这小个子,还每天睡姑娘,我们不了解你,还不了解你那玩意儿?"

陈小山不服气:"别看我软的时候不大,胀性特别好。"

人家笑道:"牙签的胀性再好,硬起来最多一根大前门。"

"大前门"是当时最草根的烟。其实说老实话,我在浴室里见过陈小山的阳具。没他们说的寒碜,就是普通人大小。工友之所以损他,是因为讨嫌他吹牛。还有,讨嫌他小气。陈小山怎么对待姑娘我们不知道,对待工友是真吝啬。人家发香烟都是一圈,他不发,烟瘾上来忍着,或找个没人的地方抽一根。人家发的时候,手却伸过来。有人不想给他,他就说:"怎么就缺我啊?"对方拉不下脸,只好丢一根给他。

起初我想,或许不是陈小山"小家巴气",而是泡妞把钱都用完了,对付工友就狠了点。可等他开水果摊有了钱,照样和从前一个德性,才知道他真是一毛不拔的铁公鸡。

不过,陈小山的财主瘾过了没多久,就到头了。陈小峰要去日本打工了。陈小峰是退伍军人,一米八的大个,跟陈小山不像同胞兄弟。熟悉的人喜欢拿武松武大郎跟他们比,实际上没那么夸张，陈小山大概有一米七的样子，就是骨架小，看上去单薄瘦小。

陈小峰一直在办日本的签证，开水果摊是临时买卖，是凑赴日的盘缠。他一走，水果摊就剩下两个出路，要么关张，要么陈小山辞职接着干。辞职陈小山是不肯的，就把水果摊关了。

新东幼儿园是我自己开发的合作单位，新官上任，我不能全依仗前任资源。对青工来说，女孩子也要常换常新，好让兄弟们多一点选择余地。

陈小山特别起劲，充当狗头军师。叫他狗头不是侮辱他，他的确有只狗鼻子，什么地方有漂亮姑娘，嗅嗅就能找出来。新东幼儿园这个收藏美女教师的地方，若不是他推荐，我是不可能找到的。这个幼儿园的位置确实很偏，我和陈小山骑着自行车，在新东新村里七绕八绕，他自己都快迷路了。

我带着介绍信，说明来意，接待的园长姓郭，是个下巴长着毛泽东痣的胖阿姨。她说新东幼儿园从没参加过这样的活动，说着朝我们上下打量，又去看那张介绍信。在确定了我们的合法性后，她叫来了幼儿园团支部书记万欣欣老师。

这个脸上有雀斑的姑娘一出场，陈小山的眼睛就直了。

万欣欣的态度和郭园长不一样，很热情。我第一次以团干部身份邀请协作单位，很兴奋也很紧张，缩手缩脚的。陈小山比我老练多了,我不知道他是否当时就注意到了万欣欣的翘屁股,我可是目光没处安放。

和新东幼儿园联办的联谊会如期举行。如果把姑娘比作金子,新东幼儿园的成色真高。二十多个年轻教师,七成称得上美女,把车间里的小伙子都看傻了。

这是我第一次见到欧阳家佳,说句酸腐的话,我对她一见钟情,一下子就被她俘虏了。可我是单相思,她根本没拿正眼瞧我,不过这个待遇并非我独享。她对每个人都冷若冰霜,我在角落里看着她,她却没看我,好像也没有看任何人。

而陈小山已经约万欣欣跳了几支舞。幼儿园老师都能歌善舞,万欣欣属于那种喜欢掌控场面的女人。跳舞的间隙客串主持,还把害羞的同事拉到舞池中央,组织大家跳那种很白痴的转圆圈舞。

欧阳家佳自始至终没有跳一支舞,就那么坐着,冷眼旁观。起先,有青工邀请她,她拒绝了。后来就没人邀请她了。我看着她,那么落寞,那么傲慢,那么孤芳自赏。舞会结束了,她悄悄走出多功能厅,不带走一片云彩。

陈小山对万欣欣的追求攻势刚展开,被捕了。他去医院检查下体痛痒,被检出性病。化验单结果一出来,警察那边就接到通知了。二十世纪八十年代,得性病就是犯罪,最轻也是流氓罪。逻辑是这样的,你若是正人君子或良家妇女,去哪儿得这个病呢？能得这个病，肯定是滥交不检点，起码是奸夫淫妇吧。所以先把你抓起来审问，审问结果当然和预先的判决一致，得性病的还真都不是什么好人。陈小山被判坐一年大牢。

陈小山这样的情况，判劳教的也有。劳教和判刑可不同，前者是人民内部矛盾，是行政处罚。处罚完了，原则上可以回原单位上班。判刑则是敌我矛盾，一旦逮捕，立刻开除公职，释放后是社会上的无业游民。

陈小山被单位开除后，也株连到我。去食堂的时候经常有人指指点点："喏，那个就是强奸犯的徒弟。"

工厂就是这样，在他们嘴里，流氓犯升级成了强奸犯，我这样的无辜者也躺着中枪。

我在技校读书的时候，视力就不好。当了船厂的电焊工以后，眼睛的问题越来越严重。起先是日照流泪，迎风流泪，后来是没事就流泪。加上被陈小山的事弄得灰头土脸的，所以离开船厂的念头越来越强烈。当时我父亲是冶金局一个副处级干部，有点人脉。却是个老马列，原则性很强。一开始坚决不松口，直到儿子眼睛快瞎了，才在他老婆我老娘的督促下，去找人开后门。

在陈小山入狱后半年，经过父亲一个老战友的帮忙，我调离了船厂，去仪表局下属的某仪表器件厂上班了。

因为有一段团干部经历，又是刚转正不久的正式党员，我被安排在工会工作。由于学历低，业余开始读高复班，准备考成人夜大，补一张文凭，好坐稳这个办公室位置。

这时，陈小山出狱了。这家伙第一个想到的就是我，当他在楼下叫我的时候，我马上分辨出了他的声音。为了证实自己的耳朵，我在阳台上探了下头。

说真的，我不想招惹这家伙，可他眼尖，已经把我叫住了。

我请他去码头边吃排档，他推出了他的泡妞计划。我一边灌啤酒一边瞪他，心想，你因为搞女人都进大牢了，刚放出来，就要重操旧业啊？

陈小山是个人精，一眼看穿我，叹了口气："要说我这官司真冤枉，我不就多谈了几次朋友，又不是强奸，弄得单位也没了，名气也坏掉了。"

我不知怎么回答他好。他说："我晓得，你心里瞧不起我。其实我很冤枉，我只是比较严重的尿路感染，严格来讲不算性病。可医生套我话，问我是不是有很多女朋友？我一听，吹牛的老毛病就犯了，说自己有很多女朋友，医生听了，借口去小便，就给派出所打电话了。等警察一来，我吓得什么都说了。"

我跟他干一杯："说真的，我和你喝酒，还在担心你会不会传染呢。你不是性病，那我放心了。"

他说："性病也不会喝个酒就传染，你连这点常识也没有？"

我说："你也是活该，跑到医生面前，还要'扎台型'。"

他说:"我怎么知道性病要坐牢,也不知道医院和公安是联网的,谁想得到呀。"

我说:"说到底你也是咎由自取,睡了那么多姑娘。"

他说:"你后来和欧阳家佳还联系么?"

这下正好戳到我痛处,我告诉他:"我约她看过一场电影。"

陈小山哦了一声:"搞定了?"

我说:"哪里,她根本没来。"

我告诉陈小山,有一次早上,我在新东幼儿园必经的一个道口等欧阳家佳。幼儿园老师下班喜欢结伴而行,上班才各归各。因为是必经之路,其他老师也会走过,我就在工房的门洞里躲着,果然看见几个女老师走过去了。然后,欧阳家佳出现了,是一个人,我就叫她:"欧阳老师。"她四周看看,看到我了。我既羞愧又慌张,她朝我走来,站在门洞边:"有事么?"

这是我第一次听她那么近说话,说实在的,她嗓音不好听,声音像从头颈后绕个弯出来的,特别轻,气血不足的样子。她盯着我,我傻眼了,她眼里装满了蔑视。没错,就是蔑视,翻译成句子就是:"你眼神别躲呀。你想泡我是吧,就凭你个烧电焊的小青工?"

我不知道怎么把信封塞到她手里的。电影票放在里面,是当天晚上的《红楼梦》。把信封交给她,我就很没出息地一溜烟跑了。

晚上7点,我提前一刻钟到了电影院。开始检票了,我第一个入场,按票子上的座位坐下。我手里拿着两包蜜饯,一包话梅一包半话李。当时蜜饯很少有密封装的,都是称重后,用黄土纸包好零卖。我本来手心爱出汗,这会儿出得更厉害了,把黄土纸都濡湿了。电影院里的照明暗下来,有个女的朝我这儿过来,我把头一回,竟然是万欣欣。

我到今天也没弄明白欧阳家佳为何选择了万欣欣?当然,可以肯定的是,欧阳家佳对我没兴趣,所以把电影票移交给别人。按常理,欧阳家佳把电影票给万欣欣时,肯定要说明谁发出了邀请。否则万欣欣不知道对象,不会贸然赴约。那么也可以这么说,万欣欣知道我在邀请还是来了,说明对我有那么点意思。当然,这里面还是有个漏洞,我如果要邀请万欣欣,为什么又要通过欧阳家佳?反正是一笔糊涂账。

当然,这些分析都是事后进行的,当时我看到万欣欣在身边坐下,头嗡地晕了。要知道,我是没谈过恋爱的童子鸡,不知道怎么处理这种突发事件。我差点脱口而出:"怎么是你啊?"

幸好我还不是百分之百的白痴,到嘴边的话咽下去了。我朝她尴尬地笑笑,她也回赠一个尴尬的笑。然后她坐下来,我把话梅给她,她接了。银幕亮起来,开始看宝玉黛玉薛宝钗。

记得我们在电影院里没说过一句话,唯一的交流就是她把话梅给我，我把半话李给她。我们拿一颗含在嘴里，等核没了味道，就低头吐在地上。她也是一样，我看她弓腰就知道她要吐核了。核在水门汀地面轻微跳动，像一只虫子。八十年代的电影院设施简陋，水门汀分两种，一种是纯水泥。还有一种略高级，水泥里镶嵌小石子和碎玻璃，用铜条框成图案，打磨得很光溜，缺点是下雨天不吸水。八十年代的小青年也不注意小节，吃完蜜饯就随地吐核了。

看完电影出来，我和万欣欣走出电影院，才开始说话。主要是回顾了电影里的几个情节，议论了女演员夏菁反串的贾宝玉。我提出送她回家，她答应了。我们就一路走，一边聊导演为什么要让贾宝玉女扮男装。一直送她到小区围墙外面，她说："就送到这儿吧。"就和我告辞了。

陈小山说："万欣欣没提到我么？"

我说："没有，那天我们只聊了电影，别的什么都没说。"

陈小山说："她不知道我吃官司的事吧。"

我说："我不是很清楚，应该不知道吧，那次看完电影我没再去找她，后来就没联系了。"

陈小山吁了口气，显然，他很在意人家知道他底细。要是万欣欣知道他因为流氓罪蹲过大牢，是不可能和他交往的。

陈小山给我做了一通分析，他认为万欣欣对我是有好感的,当然我有没有兴趣另当别论。这说明,我还是有女人缘的,要培养对自己的自信。他强调,在追求姑娘这件事上,自信是发动机。只有自信了,才会从容,才会捕捉到猎物。他拿欧阳家佳举例,欧阳家佳是典型的慢热。平时像孔雀一样傲慢,并不代表她自视很高,只是说明她善于保护自己。她没有赴电影的约,不代表没戏。她或许想试探你的耐心,提高你追求的难度,以考验你对她爱慕的程度。

见我将信将疑,陈小山扔出一句话:"你看这世界上再漂亮的女人,到最后哪个没嫁掉?你不去追,她就成了别人的女人了。"

应该说,这句话煽动性很强,我的小宇宙一下子膨胀了。我说:"我听你的,我再去请她看电影,我要当个厚脸皮。"

陈小山却说:"你现在找她看电影,肯定还是约不出来,追姑娘是有技巧的,不能蛮干。"

我说:"那你有什么好主意。"

陈小山说:"我们还是要搞联谊会,要多创造接触的机会,人是讲感情的,多接触了,就熟了,就有感情了,她就不好意思拒绝了。"

我这才了解他的用意,还是想通过办联谊会泡姑娘。刚才喝酒的时候,我已经告诉他,我不在船厂上班了,现在是仪表器件厂的工会小干事。没名头,也开不出介绍信。

陈小山摆摆手:"这次我们不找单位,我们单干。"

他仰脖喝了一大口啤酒,掏出他的计划。成立一个民间的读书沙龙,名字也想好了,叫"万卷社"。

他告诉我,万欣欣是个读书迷。上次联谊会跳舞,他问她业余爱好,她说特别爱读言情小说,琼瑶的书见一本买一本。女教师一般都喜欢读小说,特别是言情小说。成立一个读书沙龙,既文雅,又讨巧。而且,陈小山把头靠过来一点,得意地说:"万卷社,用的是万欣欣的姓,她肯定卖力。"

陈小山猜得没错,那天我把万欣欣约出来,请她到电影院附属的音乐茶座喝咖啡。她来了,见我不是一个人,表情有点愕然。不过很快掩饰过去,主动和陈小山打招呼:"好久不见呀。"

陈小山起身,装腔作势地和她握手。万欣欣朝我看一眼,可能是我敏感,她眼里有一丝稍纵即逝的责备,也可能什么也没有,纯属我多心。

陈小山很快切入议题,诚如他所料,万欣欣听到读书沙龙的构想,表现出浓厚兴趣。当陈小山说:"万卷社这个名字和万老师的姓氏不谋而合,你来当社长吧。"万欣欣脸一下子红了,一股虚荣心抑制不住地从两腮化开,天气闷热,我觉得她鼻子都微微出汗了。

陈小山的要求是,将新东幼儿园作为万卷社活动基地,提供一间大教室。活动可以放在每个礼拜天下午,主要以小组讨论为主,也可以搞一些小说朗诵,穿插歌舞表演活跃气氛。水果和点心钱由加入万卷社的男社员分摊,女社员一律免费参加。

万欣欣听到女社员免费,满意地点点头。但她有两点纠结:一,长期借用场地需征求郭园长意见。二,男社员的来源和构成。她开门见山道:"说穿了,读书沙龙也是联谊会,肯定涉及谈朋友找对象的问题,你们别找社会上乱七八糟的人来呀。"

陈小山说:"怎么会呢。都是喜欢读书的朋友,你一万个放心。"

万欣欣说:"那你们等我消息吧,没别的事我先走了。"

万欣欣走后,陈小山对我说:"我坐牢的事早晚穿帮,万卷社你来当召集人,我在幕后。"

我说:"我也担心你穿帮。"

陈小山说:"等穿帮了,我们都抱得美人归了,万卷社就完成它历史使命了。"

我说:"你这么肯定我能追到欧阳家佳?"

陈小山说:"我今天看出来了,万欣欣还真对你有点意思,这样增加了我追她的难度啊。"

我说:"你从哪儿看出来的?我怎么没觉得呢?"

陈小山说:"丑话摆在前头,你追你的欧阳家佳,我追我的万欣欣,你别半途改道。"

我说:"我改什么道?万欣欣不是我喜欢的类型。"

陈小山说:"这个你就不懂了,男追女隔座山,女追男隔张纸,女人主动一点,男人没有不上钩的。"

我说:"我保证,我不改道,我真能追到欧阳家佳啊?"

万欣欣的反馈来了。郭园长同意借教室,但每个礼拜都搞太频繁,最多半个月一次。另外人数也要有所控制,每次不能超过四十名。

万欣欣担心地问:"我问过我们单位老师了,目前愿意参加的有十六个,剩下二十多个,你们准备找什么人?"

说真的,我也在为这事犯愁,陈小山却胸有成竹:"我一直在等万老师消息,你那儿可以了,我们就开始张罗。万老师不用担心,都是喜欢读书的朋友,知识分子。"

我将信将疑地朝陈小山看,这段时间我一直在向他打听,上哪儿找那么多喜欢读书的人。我认识的同学和同事,都是粗鲁的小青工,喜欢读书的不多。要不也不会读技校,早考上大学了。

当然也有几个业余喜欢读小说,扳扳手指有四个,却一个不能叫,因为都是船厂的,都知道陈小山底细。一叫来,陈小山坐牢的事就败露了,只能灰溜溜收摊了。

陈小山继续卖关子,只留了个口风:"过两天带个朋友给你们认识,他身边都是读书人,别说二十个,两百个都有。"

万欣欣说:"你们什么时候去看一下场地,看看怎么布置。我找几个老师来，一起帮忙出出主意。"

陈小山说："万卷社成立应该搞个仪式，挂个牌，像模像样的。"

万欣欣说："还要挂牌啊？太隆重了吧。"

我附和："要挂牌，宣布万卷社成立，万社长做致辞。"

万欣欣说："还要致辞啊？那我还要准备稿子。"

陈小山说："你是社长，肯定要致辞的。"

万欣欣朝我们看看，看我们不像开玩笑的样子，嘟着嘴说："那好吧，我回去准备准备。"

去新东幼儿园看场地那天，我内心特别希望欧阳家佳也在。可当天除了万欣欣，来了四位老师，却没有欧阳家佳。

我们这边去了三个人，除了我和陈小山，还有那个传说中的读书朋友很多的朋友。他姓秦，外号秦叔宝。我也是第一次见到他，据陈小山介绍，他们是邻居加小学同学。秦叔宝这个绰号的来历是，这个秦同志小学生的时候就熟读各种古典演义，最喜欢《说唐演义》，课余给同学们说唐，最崇拜的人物就是秦叔宝。还吹牛，他们家这个"秦"就是秦叔宝传下来的，秦叔宝就是他老祖宗。他这样说，难免遭到耻笑，干脆就叫他"秦叔宝"了。

秦叔宝之所以认识很多读书人，是因为他在离家不远的老街上开了家个体书店。开了四年了，是改革开放后第一批开书店的个体户，积累了不少爱书的朋友。所以召集读书人来参加读书沙龙，根本是小菜一碟。

秦叔宝一条腿不太好，不算太严重，不过走起路来还是很明显的，这是小儿麻痹后遗症。幼儿园那几个老师看他的眼神都有点那个，他可能习惯了，也不计较。看着偌大的教室，频频点头："这地方真不错，干净敞亮，朋友们肯定喜欢。"

那四位老师是布置教室的行家里手，幼儿园教室经常要美化。做美化工作的都是老师，用彩纸和气球挂出童趣，黑板报的图案要卡通，粉笔的颜色要鲜艳。但万卷社是成年人活动，布置风格肯定和小朋友不同，所以她们来听听我们的想法。

四位老师中有三位在那次船厂的联谊会上见过，算是有一面之缘。另外一个，我更熟，是我初中同学杨铭的姐姐，我过去经常去他们家玩，也跟着杨铭叫她阿姐。在这个场合碰头，有点叫不出口。她却已经先打了招呼："青松。"我上嘴唇压住下嘴唇："阿姐。"

万欣欣问道："杨迎，他怎么叫你阿姐啊？"

我脸涨得通红，杨迎也有点不好意思："他是我弟弟的同学，跟着我弟弟叫的。"

杨迎前两年已经出嫁，生了个女儿叫喜囡。我去吃过她的结婚喜酒，也参加过喜囡的满月酒。她老公是北新派出所警察，姓包，长脸上架着一副眼镜，在家里也喜欢穿警服，一出门就把警帽戴在头上。说实话，一直跟着杨铭叫她阿姐,还真不知道她大名。刚才从万欣欣嘴里才知道她叫杨迎。不过她是幼儿园老师倒是很早就听说,却不知道具体哪一家。等大家坐下来,我问她:"我在船厂的时候,和你们幼儿园搞过一次联谊会,那次你怎么没来啊?"

杨迎说:"我听说过那活动。你忘了,我当时刚生完喜囡,在家里休产假呢。再说,你们那活动其实就是相亲,我都当妈的人了,还去瞎凑什么热闹。"

我说:"我换单位了,烧电焊眼睛都快瞎了,现在去了仪表局。"

杨迎说:"我听杨铭说起过,你好像很久没来我们家了。"

我说:"我和杨铭平时约在外面吃排档,过两天我去看看阿姨,喜囡会叫妈妈了吧?"

杨迎说:"刚会叫爸爸妈妈,口齿还不清楚。"

大家开始讨论怎么布置场地,别的都好解决,就是小朋友的课桌椅很低,成年人坐着不舒服,但这个没办法,只能凑合。

我拿出一块用报纸包好的纤维板,大概《人民日报》大小,更瘦窄,宽度却长些,其实就是一个小匾的尺寸。

把报纸撕开,整块板被白卡纸裱了起来,题着三个遒劲的粗黑美术字:万卷社。

这匾是我去找我们厂宣传科美工柯老师做的,他比我大一轮,今年刚成为一对双胞胎的父亲。为让柯老师帮这个忙，我买了两包牡丹烟孝敬他。他也很守时，昨天下班前交到了我手里。

我把它拿出来，万欣欣说："真弄了块牌子啊？"

我说："不是说好了？要搞就像模像样。"

女老师们挤过来看，觉得这匾做得真挺括，等那天挂在墙上，还真像那么回事。然后大家在墙上比划来比划去，终于找到一个合适的位置。陈小山踩着桌子用粉笔在墙上圈了个点，万欣欣交代道："等一会儿找个洋钉敲上去，礼拜天一挂就好了。"

陈小山回头说："洋钉呢？我现在就去敲。"

陈小山也没光想着泡妞，开始为生计奔忙。原来的水果摊关张后，一直空着。摊位是街道里的，他重新去申请。他这样的人，上海人叫"山上下来的"，这五个字让人联想到饿虎下山觅食，是社会的不安定因素。政府也希望他们早点自食其力，办执照租摊位都很顺利。只是陈小峰不在，以后进货和守摊都要靠他自己，吊儿郎当惯了的陈师傅，马上要为讨生活而辛苦了。

这天下班，我去杨铭家玩。他父亲在梅山钢铁厂上班，那厂坐落在南京乡下，里面都是上海人。其实就是上海在江苏的一块飞地。杨铭父亲一两个月回家一次，杨迎夫妇平时住在杨家，但不算招女婿，因为喜囡出生后还是随父姓。杨母已经退休，是个老麻将。喜囡出生后，平时在家里带外孙女,我一进门她就开始抱怨:"老法都说一代管一代,我是还不完的子孙债,弄得麻将也搓不成。"

我只好安慰她:"阿姨这么年轻当外婆,是福气好。"

杨铭和姐姐很铁,和姐夫却关系一般,背后骂包警察:"乡下人充老卵。"

包警察是出生在郊县的农家子弟,在市区没房子,所以结婚后在丈母娘家落脚。杨铭为什么骂他"充老卵"?我其实也能感受到。包警察不苟言笑,平时话不多。你说话的时候,他一直盯着你,看得你心虚,觉得说的每个字都有问题。杨铭为了这眼神和他吵过几次:"你眼珠子坏啦?不会转啦?"杨迎出来打圆场:"你姐夫是职业病,在警校里就练这个,一下子改不过来。"包警察给小舅子赔笑脸:"职业病职业病。"可下次看你还是老样子。

这也是我少去杨铭家的原因,只要他姐夫在,我就多少有点不自在。其实他对我还蛮客气,给我倒酒、敬酒、夹菜,可我总觉得他的表情不对劲,和他热络不起来。

这天我留下来吃饭,包警察是我们吃到一半回来的。他本来说所里有事,不回来吃饭了。我正在逗喜囡玩,用筷子沾啤酒让她吮,喜囡吮了一口,是苦味,嘴巴咧开要哭,被外婆抱去。一边哄她一边在我肩上虚拟地拍几下,以示惩罚。我装作很疼的样子,作哭丧脸,喜囡就破涕为笑了。

见丈夫回来,杨迎起身去灶披间,临时加了一盘番茄炒蛋,一盘炒青菜。麦乳精罐里有早上吃泡饭的油氽花生,倒了一小碟出来。

我们又开了啤酒，陪包警察一起喝。包警察带来一个好消息，他得到一个分房指标，一室半的老工房。他对杨迎说："就是我们李副所长的房子，去年春节拜年带你去过，还记得么？"

杨迎说："当然记得，顶楼的，有个小天井，搭了一间鸽子棚。"

包警察说："就是那套，等我们搬过去了，把鸽子棚改成一个小房间，等于两室户。"

杨迎说："这样也可以呀？"

包警察说："房管所和我们派出所关系好，让他们睁只眼睛闭只眼睛。"

大概觉得当着我这个外人面说这些不妥，包警察朝我尴尬地笑笑："喝酒喝酒。"

我举杯向他表示祝贺："恭喜姐夫。"

杨母走过来："李副所长把房子腾出来，他自己至少增配到两室半吧？"

包警察说："姆妈猜得真准，两室半，新工房，面积要比原来大十七个平方米，全所的人都羡慕死了，李副所长马上退休了，算是安慰奖。"

杨铭也举起杯子和姐夫碰了一下，掉头对杨迎说："阿姐，你们要搬走了，以后回来吃饭就是客人啦。"

杨迎说："你这么巴不得我搬走啊。我偏不搬，让你没房子讨老婆。"

包警察给我斟酒:"青松最近在忙什么呀?听说换工作了。"

我说:"调到仪表局了,烧电焊眼睛快烧瞎了。"

包警察说:"仪表局好,金饭碗。"

杨迎说:"青松现在有长进,喜欢读书了,和我们幼儿园合作搞一个读书沙龙,叫万卷社,做知识分子啦。"

包警察说:"喜欢读书是好事,来,干一下。"

喝了一大口,夹了颗花生米:"万卷社?听上去像个社团。"

我说:"就是读书破万卷的意思。"

包警察说:"什么时候成立啊。"

我说:"后天,礼拜天下午。"

包警察朝我看了一眼,嘴里在嚼动那颗花生米,他那眼神又来了,看了我一会儿,看得我一阵心虚。发现杨铭在怒视他,马上把眼珠子从我脸上移开:"万卷社,好名字,起得有水平。"

第二天黄昏,陈小山跑过来,说他做了一个蹊跷的梦。他先给我看了左手掌心上的一条刀伤,是一道贯通伤,不深,但已划破皮肤,能见到暗红的肉色。陈小山说,昨晚的那个梦,是他为了和我争欧阳家佳,和我打了起来。然后我就疯了,抄起切菜刀劈过去,他用左手去挡,手心被劈中,就疼醒了。醒过来看左手,真有一道新鲜刀痕,有血印子渗出来。

陈小山讲这个事的时候,脸上充满恐惧。我自然是当笑话在听:"你和我争欧阳家佳?你不是喜欢万欣欣么。"

陈小山正色道:"梦是反的,可这刀伤是真的。"

我说:"肯定是你昨晚喝醉了,被什么东西划破了,一早醒来忘了。"

陈小山说:"我昨晚根本没喝酒,你就是不相信我见鬼了。"

我说:"你要真觉得见鬼,去庙里烧头香吧。"

陈小山说:"跟你说了也白说,我去和万欣欣碰头了,昨天她和我约好在幼儿园门口。"

我很惊讶:"她怎么约你的呀?"

我之所以这么说,是基于当时的客观条件。私人电话还没有普及,BP机还是奢侈品,手机更是"大哥大"时代,根本不是我和陈小山能消费的。之前我们要见万欣欣,都是跑到幼儿园直接找她。而万欣欣要找到陈小山只有打他那个小区的公用电话。打公用电话是很麻烦的事,一般没什么急事,不会打的。

陈小山交代,昨天下午,他闲着没事,就去公用电话间翻黄页,查到了新东幼儿园总机。然后打过去,找到了万欣欣。万欣欣接到他电话,答应见他,挂电话前,加了一句:"我正好要找你。"

陈小山说:"你看,她说正好要找我,说明有戏。"

我一直以为陈小山有万欣欣的联系方式:"你没她电话啊?"

他说:"上次跳舞的时候问她要过,吃完官司出来就找不到了,我总不能再去问她要吧。"

大概一个钟头不到,陈小山垂头丧气地回来了,他坐牢的事泄露了。虽然万欣欣不愿说明消息的出处,不过这已经不重要了。万欣欣找陈小山,是要和他当面说清楚,明天下午的活动,不要来参加了。当然陈小山不是不识时务者,万欣欣一揭开他的疮疤,他就明白,泡不上这个长雀斑的翘屁股姑娘了。不用万欣欣下逐客令,他也会识趣地走人。

自己虽然没戏了,但他却要给秦叔宝一个交代,秦叔宝前几天把邀请人名单拿给我们过目。请的人都还不赖,有机关干部、中学老师、报社编辑,年龄也按万欣欣的要求控制在三十岁上下,当然还必须是单身。然后我们去文具店买请柬,秦叔宝填写完,就去邮局把请柬寄出去了。

万欣欣告诉陈小山,我被你们骗了,你们根本就不是什么读书人。特别是你,还得过性病,脏死了。可请柬已发出去了,幼儿园同事也报名了,现在是骑虎难下,只能硬着头皮搞。

陈小山离开前,万欣欣骂了一句:"你这个流氓,恨死你了。"

陈小山把这句话复述给我听的时候,有点对自己幸灾乐祸的样子。他一直在看他的左掌心："你说，你下手怎么这么狠？我是你师傅啊，你也砍得下去。"

第二天下午，新东幼儿园大门紧闭，门口站着很多拿着请柬而不得入内的年轻男子，很多人手上还拿着书。郭园长站在栅栏一样的大门里面，大声地冲大家喊："你们回去吧，派出所来打过招呼了，这活动不能搞了。"陈小山不在现场。可怜的秦叔宝一瘸一瘸地给每个客人道歉。我像个傻瓜一样竖在一边，灼热的太阳照得我快流泪了。

郭园长下巴上的毛泽东痣在阳光下像一颗黑豆闪闪发亮："活动取消啦。回去吧回去吧。"

她的身后，万欣欣和她的同事们站成一排，就像做错事的小鸡崽，躲在老母鸡的翅膀下。我走到一块树荫里，目光穿过幼儿园大门，我没在那排姑娘里看到欧阳家佳。

写于 2010 年 7 月 17 日

口香糖

入夜时分，吧台后面的亚诺擦着一只玻璃高脚杯。没有点滴的灰尘，也不能有细微手印。亚诺的脸孔和玻璃杯一样冰冷，散发出如同刀锋的寒光。

能够解释他孤寂心态的除了缓慢而精致的手势之外，是左腮那块不停嚼动的咬肌，和淡而无味的口香糖。

亚诺对着灯光审视着杯子，用手帕捏住它纤细的柄，旋转了一下，将它放回原来的位置。

他离开吧台，来到大堂，推开若干扇门中的一扇，朝里面瞄了一眼，说，今天换了一个接待，叫罗雪芝，有什么事你们可以直接找她。

里面的女人在打牌或者化妆，没人答他的腔。亚诺把门带上，回到吧台旁，重新拿起一只高脚杯，开始擦拭。

留着童花齐耳短发的罗雪芝换好衣服出来，站在亚诺身边，上一任接待留下来的这身旗袍对她来说太大了，使她的身体看上去晃晃悠悠的。

罗雪芝说，这个人是不是很厉害的？她指了指身上，意思是说那个人的块头是不是很大。

亚诺似乎笑了一笑，说，比你大两号，过去是打篮球的。

罗雪芝看着亚诺将杯子冲着光亮照了照，两根手指轻盈地夹在柄间。也许发现了一处瑕疵，他微微皱了皱眉头，对着杯壁哈了口雾气，然后将手帕的注意力集中在那个微小的污点上。

客人进场了，以两三个人结成伴的居多，也有单独而来的。亚诺将客人安排到房间里坐好。随后来到先前的那扇门跟前，推开它，把里面的女人像牌一样发光。在这期间，有一些小的偏差，譬如客人会剔除掉某张牌，再补进另一张牌。也会出现这样的情况，客人指明了要某一张牌，或者不要其中的任何一张牌。

整个过程断断续续，亚诺非常有耐心，他不厌其烦地洗着手里的牌，直至完成一副成功的牌局。他真的是很有教养，慢条斯理地完成这一切，与擦拭高脚玻璃杯时的模样如出一辙。

罗雪芝的工作就是为客人送去所点的食物：水果拼盘、零食、咖啡或者中国茶。由于不合体的旗袍，她的步姿受到了影响，比方说行走的速度和端盘时的美观。罗雪芝心里想好了，待会儿空下来就给许明洁打个电话，对她说要把旗袍带回去连夜改一下。罗雪芝女红做得不错，平时穿的衣裳都是自己裁剪缝纫的。她有信心把这件旗袍修整得十分妥帖，把她的好身段给勾勒出来。但在之前，她要经过许明洁同意，虽然许明洁曾是她最要好的姐妹，但现在却是她的老板。这个酒吧俱乐部连同里面的每一样东西都是许明洁的。无论从道义上还是从规则上,她罗雪芝都不应该擅自修改这件旗袍。而从另一个角度来说,许明洁并不会拒绝这个建议,所以她也没有必要遗漏掉一个举手之劳的电话。

罗雪芝手里提着一只空盘子,她刚从某个房间出来,她已经把盘子里的东西放在了玻璃做的茶几上。她看了看那个客人,他装腔作势地握着一支雪茄,抬起眼皮看了她一眼,她便退了出来。

她经过一个转角,发现沙发上坐着一个人。他不知何时而来,看情形已坐了一会儿。他似乎不愿别人看见,蜷起来躲在浓重的阴影里。

罗雪芝认识他,岂止是认识,他是她的丈夫。她很吃惊,这是正常反应。她说,丁佑你在这里干什么?

丁佑对自己的暴露有点失望,他说,我坐一下就走。

罗雪芝怀疑地看着他说,你不是在监视我吧。

丁佑说,你怎么说话呢,我就不能来这儿坐坐么?

罗雪芝说,这个地方是你来的么?如果你有能力来这里,还用得着老婆在这里端盘子么?

丁佑说,我在这儿坐坐,我不要饮料,就坐一下,又不用花钱的。

罗雪芝说,有谁到这儿来是不花钱的,你不要脸我还要脸呢。

丁佑看了罗雪芝一眼,朝外面走。经过吧台的时候,与亚诺照了个面,他故作镇静地朝亚诺点了点头,出去了。

亚诺与跟着走来的罗雪芝说,那人是谁?没见他进来呀。

罗雪芝说,我也不认识,可能是走错了道。话虽这样说,心里却气得要死。就这样气了一个晚上,可还不能在脸上做出来。她给许明洁打了电话,说了要改旗袍的打算,果然许明洁没任何犹豫就同意了。挂上话筒,她开始向亚诺学一些小手艺:做水果拼盘,用蒸馏法烧制咖啡,做花式饮料。她学得十分认真,等到下班的时候,已掌握了一些基本的窍门。她动手能力历来不差,当初在幼儿园里,也是业务上的尖子,钢琴、跳舞、绘画、手工都拿得出手。那时候,她和许明洁情同手足。她们是幼儿师范的同学,毕业分配在同一所幼儿园。幼儿园里由于年轻女教师较多,周围的企事业团组织经常会来邀请她们参加舞会这类的联谊。说是团活动,其实就是为青年提供择偶的机会。在这种场合,幼儿园女教师(有时也会有医院里的护士)都会受到公主一样的礼遇。接触了几次难免会遇见情投意合的对象,也会交往上一段日子。虽然最终走向婚姻的不多,却总还有那么几对会成功。罗雪芝就是其中被俘虏的新娘之一,她嫁给了船厂的财务丁佑,一个戴着金边眼镜的白净书生。

罗雪芝与丁佑举行婚礼的时候,许明洁已经去了新加坡将近一年。起先她在那儿当超市收银员,两年后,许明洁告知罗雪芝她嫁给了一个当地的律师，并开始做专职太太。再以后两人的友谊就保持在每年交换一张贺年片的程度上。这也难怪，毕竟相距那么遥远，且都有了家庭，做姑娘时的那份闲情逸致渐渐就消失了。

有一年夏天，罗雪芝从幼儿园辞职了。她开始热衷于做传销，这种生意成功的概率相当小，可罗雪芝被讲解员迷人的金字塔理论迷惑了，在发展了几个最初的客户之后，她便从单调乏味的教师岗位上辞职了。

如果我们回头来看罗雪芝今日的处境，可以得出一个结论，她的传销生意并未成功。或许这样说并不公正，罗雪芝的业务拓展也曾有过一段收获，然而这是一个短暂的时期。她刚刚渐入佳境，传销的经营就被政府取缔了。

在度过了一个低谷期之后，罗雪芝又看中了一个新生意。她在商业街上租了个门面，开了家时装店。可生意并不好，三个月后，她把它改成了成人玩具店。然后是工艺品店。短短两年间罗雪芝的生意涉及了五六个门类，最后把老本都赔光了。罗雪芝反思后得出的结论是，自己缺乏经营才能，顾客毕竟不是幼儿园小孩，生意场的游戏也不是孩子间的过家家。

许明洁的重新出现使罗雪芝的生活有了转机。自从最后一笔生意结束，她已经有四个月无事可干了。这时衣锦还乡的许明洁盘下了这家酒吧俱乐部，她让罗雪芝先干一段时间接待，熟悉整个流程，然后再聘她当经理。当许明洁回新加坡的时候，酒吧交给她负责管理。这份工作对罗雪芝的诱惑力是显而易见的。

下班的路上，罗雪芝想好了要和丁佑大吵一顿。她想，他居然监视我，我应该抽他一个耳光，半年不与他做爱。

罗雪芝蹬掉脚上的高跟鞋。时值零点，丁佑居然不在家里。罗雪芝把屋里的灯全部打开，开始修改那件旗袍，花了四个小时，甚至更多的时间，她完工了。

把改好的旗袍穿在身上，她漂亮的胸形和纤瘦的腰肢出现在镜子里。她笑了，火气似乎小了一些。可已经是凌晨了，丁佑还是没回来。

罗雪芝睡下了，丁佑不知何时也躺在了床上，呼吸里有酒气。他压在她身上，她犟了一犟，可她太累了，扭了两下屁股以后就不再坚持，让他得逞了。

一直睡到午后才起床，彼此装作什么都没有发生，漱口、洗面、用餐。然后，各自出门。

丁佑现在是桶装饮用水中转站的发货员，两班轮休。今天中班，那个站点在离家不远的地方，步行过去只需十来分钟。

罗雪芝换上平时穿的衣服，把那件旗袍包好。她给许明洁挂了个电话，说好下午去她那儿聊天。在丁佑离开后，她又花了十分钟化妆，然后乘公交车去城西的许明洁娘家做客。

约半小时后,罗雪芝按响了许家门铃。进门后,直接去了许明洁卧室,两个人一直聊到黄昏。罗雪芝当着女友的面把改好的旗袍穿上,许明洁对罗雪芝的身材赞美了一番,叫来了许母。许母虚张声势地一通夸奖,弄得罗雪芝有点害羞。许母走后,两个人继续刚才的话题聊下去。

许明洁说,看你这模样,别人很难相信你有个四岁儿子了,可小孩老放在他奶奶那儿总不是办法。

罗雪芝说,我也不想的,可谁有空带他呢?他们家提出要带,也算是帮我们忙吧。

许明洁说,小孩不在父母身边以后不亲的。

罗雪芝说,儿孙自有儿孙福,像你长大了嫁到那么远,亲不亲还不是假的。

许明洁说,你们家丁佑对你还好么?他那时候追你的样子我现在还没忘记,骑着老破车,刹车上夹着一枝玫瑰,他也真做得出来。

罗雪芝说,那时候单纯呀,被他花头花脑,就嫁给他了。我妈妈早给我说过,嫁男人是第二次投胎,我没投好。你就比我有眼光,嫁了个新加坡人,有钱有地位,多好。

许明洁说,有什么好,我也是贪他那点钱,要不然我才不嫁给他呢。

罗雪芝说,反正你比我聪明,我们幼师出来的同学现在还不是你最风光。

许明洁说,告诉你一个秘密,反正现在说给你听也不要紧,我和丁佑还约会过一次呢,可是他后来就不再约我了,他最后爱上的是你。

看到罗雪芝有点吃惊,许明洁笑着说,你不要紧张嘛,那时是我先认识丁佑的。因为有一次舞会你没来,他就约我跳了几次舞,后来还约我上咖啡馆喝了茶,但到了下一次舞会,你出现了,他就盯上了你,把我给甩了,就这么简单。

罗雪芝说,这件事以前怎么没听你说呢。

许明洁说,这件事对我来说很没面子的,我怎么会对你说呢。

擦高脚玻璃杯的亚诺开始又一轮发牌游戏,他在大堂的角落里看见一个男人孤单地坐着。他迟疑了一下,上前询问,先生,请问……

他的话未说完,那人说,你们这儿有免费的饮料么?

亚诺说,如果需要的话,可以给你一杯苏打水。

那人说,好吧,一杯苏打水。

亚诺来到吧台旁,对罗雪芝说,昨天那个人又来了,你给他一杯苏打水。

罗雪芝愣了一下,很快就反应过来说,好的,这就送去。

她来到丈夫面前,压低了声音说,你究竟要干什么?

丁佑用手指按住了嘴唇,做了个嘘声的示意,轻声说,我坐一会儿,苏打水不要钱。

罗雪芝重重地将杯子放在茶几上，扭头就走。

她合身的旗袍勾勒出她美妙的背影，有点像景德镇的葫芦形插花瓶。这个比喻是亚诺说的，他同时还称道了她的针线活。亚诺说话的时候，正在吧台里侧的单间内调试音乐，他抬头望了罗雪芝一眼。

罗雪芝说，外面有客人叫你呢。

亚诺停下手里的活，吧台外面果然有个人，四十多岁，穿着一件青果领的夹克衫。他向亚诺招了招手，便径自朝一个铸铁的陈设架走去，他将左手放在陈设架的平面上，等着亚诺走过去。

罗雪芝观察着丁佑的举动，她手里拿着一只高脚玻璃杯，心不在焉地擦拭着。由于距离较远，灯光又十分昏暗，她并不能清楚地看清丁佑，她只是知道那处隐隐约约的阴影里坐着自己的丈夫。她将目光移到陈设架那边，亚诺正与那人轻声细语地说着什么。她听不见他们在说什么，他们交谈的时候都用了一些温文尔雅的手势。她觉得那个人用余光在打量自己，而背对着她的亚诺有点滑稽地站着，双腿并得很直，上身却做着繁琐却幅度很小的手势。

罗雪芝忽然觉得他们的对话与自己有关，她转过了身，放下杯子，到里侧的小房间里去了。

室内有一架调音器，两侧的柜子上放着CD。在狭小的空间里，竖着换衣服的木架子。平时，罗雪芝换衣时亚诺回避，反之亦然。门关上以后，里面是一个密封的世界，因为这个屋子没有窗户。

罗雪芝在转椅上坐下来,手随意地放在调音器上。腿随着转椅的轮盘滑动了一下,她眼睛里出现了一个金属外壳的圆柱体。她把脸凑过去,愣了一下,镜头里是她方才送茶点进去的那个房间。她慌忙把目光避开了,心怦怦地跳着,她离开转椅,来到大厅里。

她装作去盥洗室,重新经过了丁佑坐着的那个位置。但那里已没有人。心仍在怦怦乱跳,她侧过头去看陈设架,亚诺与那个人的对话已经结束,他正在朝吧台走去。而那个人则反向而行,准备离场而去。

一切恢复了平静,这是月色辉映中的酒吧。嚼着口香糖的亚诺用手帕擦着高脚玻璃杯,口香糖刚刚放入嘴里时是甜的,等它淡而无味时就产生了黏性,令舌头发麻。亚诺看着罗雪芝,似乎在笑,也好像什么表情也没有。他将高脚杯举在头顶上,在玻璃的折光中,他的表情是如此沉醉。

写于 2000 年 8 月 19 日

猫烟灰缸

1

她凑近过来，嘴唇几乎碰到他鬓角："你把它拿走，我就跟你走。"

随后重新坐直，口腔里热烘烘的酒气离开了他的耳蜗，细长的手指，细长的烟，积了细长的烟蒂，她把目光移走，将难题交给了他。

第五永刚审视那只烟灰缸，青铜材质，懒猫造型，长尾巴盘起处是弹烟灰的凹塘。从品种看，原形或许是折耳猫——他养过一只，浑身灰，带点蓝的灰，行动迟缓，后来看到一个资料，说此乃培育失败的猫种，之所以行动迟缓，是因为先天易骨折，动作一快，就引起剧痛——或许不是，这不重要，重要的是，她想将它据为己有。

半小时之前，他们还不认识，当然，此刻他们依然是陌生人，是聊了一会儿的陌生人。如果他能将这只猫烟灰缸从酒吧拿走，他们的关系或许将更近一步，其实，他一直没看清她的面貌，借助于昏暗的光线，可以判断是个美人，至少从轮廓上看是。这很可能是幻觉，在整容术和化妆术风行的当下，在黏稠的夜色中，让一个妙龄姑娘不是美人也是困难的。只有到了亮处，真实的五官暴露出来，才会呈现出真相。她或许有糟糕的皮肤,牙齿也不太整齐,沐浴后妆花了,丑不可言也未可知。

然而此刻,她看上去确实是美人,至少身材是很好的,曲线流动,也令他荷尔蒙流动。去洗手间的时候,背影摇曳在露天庭院里,真丝料子的长裙轻悬,腿很长,使他忽略了高跟鞋的作用,也就是说,没把鞋的高度剔除掉,而是将细窄的高跟当作了她身体的一部分,不是后天的,而是娘胎里就有这双高跟鞋。她从洗手间返回,他看到凸起的胸部,同样也忽略了海绵的作用,没把胸罩的垫厚部分剔除掉,而是将胸罩当作了她身体的一部分,不是后天的,而是娘胎里就带着胸罩。

总之,她的样貌和身材有着很大吸引力,或者说,有着显著的迷惑性,使他产生了非分之想。这似乎并无不当,酒吧这样的地方,就是用来消费暧昧的。

即便如此,他仍觉得她有点过分,怎能要求自己去当一个贼呢。"你把它拿走,我就跟你走。"说得轻巧,把不属于自己的东西拿走,不就是偷么,她看上去那么漂亮,怎么会产生这种规范外的念头。

当然,他并不孤陋寡闻,好莱坞有个亿万身家的女演员,就喜欢在超市里小偷小摸,拿走不值钱的日用品,直到失手被店家抓个现行。女演员在法庭上的捂脸照通过互联网飞快传播,成为全世界的一则娱乐八卦。

女演员当小偷,当然不是因为拮据,如果他愿意,可以据此写一篇精神分析文章,他的博士论文,就是一篇冗长的心理分析文章，不过解剖的不是富人贪小，而是人在极度悲伤时，会不会导致精神崩溃的病理分析。

他来这家酒吧，初衷不是猎艳，作为一个未来的精神病医生，他来精神病院实习已半个月，站在四楼值班室往巷口那边看，是一个带院子的二层房子，粗粝的水泥外墙，几棵樟树的树冠像巨型西兰花，挡住了部分平顶，灌木丛那边，搭建了一个透明门廊，顶部是茶色玻璃，铁锈色的石头地坪，深咖啡色双人沙发对面放两只淡咖啡色单人沙发，中间是长条茶几，共三组。草坪上，撑了两把帆布大伞，以及六组随意摆放的铁质镂花桌椅。

第五永刚每次经过这个酒吧，都会转头瞥一眼，半开半掩的对开式绛红色木门，边框被铁条焊住，门口很不起眼的生铁招牌上烙着：阿朵酒吧。

酒吧选址毗邻精神病院，颇让人费解。须知这一片是城乡接合部，除了精神病院，就是小型工厂、仓库、电压转换站，没有像样的办公楼，居民住宅只是零星几栋，餐饮也是比路边摊略好的沙县小吃、兰州拉面之类，总而言之，不是适合开夜店的时尚区域。

有意思的是，虽偏居城市一隅，酒吧倒生意兴隆，每当夜幕降临，值夜班的第五永刚俯瞰酒吧，影影绰绰的男女，沉浸在闹哄哄的音乐背景里。

有时，夜空中会响起诡异凄厉的尖叫，那些影影绰绰就会聚拢，仰望精神病院大楼，像在争看一部久违的戏剧。

作为一名从事精神病学研究的博士研究生，第五永刚清楚，因为受到药品控制，精神病院里的病人大致是安静的，尖叫一般来自新入院的病人，偶然也有药物效果不明显的情况，或者倦怠的护士忘了给病人服药的情况，尖叫多半出现在天黑，有的叫声像饿猫，有的像灰狼，一个病人叫了，有时会传染给其他患者，黑漆漆的夜里尖叫声此起彼伏，令闻者胆寒。据程威风说，胆小的女生晚上是不敢从精神病院路过的，他不止一次看到，女孩在尖叫声中抱头鼠窜，消失在街角灯光的折断处。

程威风比第五永刚大五岁，是精神病院的主治医师，临床之外，兼医学院副教授，他给第五永刚上过课，不过，第五永刚来这里实习是自己申请的，凑巧分到程威风所在的住院部，因为在学校就认识，年龄差距也不大，两人私下接触比较多。

精神病院有食堂，吃来吃去那几个菜，医生宁愿去外面吃沙县小吃或兰州拉面。程威风有时会叫上第五永刚，不像别人叫他"永刚"，而是叫"第五"，第五永刚觉得这个老师不端架子，就是有点娘，细声细气，肚子里藏不住东西，拿筷子的时候，小拇指是翘着的。

还是医学院新生见面时，程威风就取笑过他名字，"你这个复姓有意思，怎么不姓第一呀？"第五永刚习惯了这种揶揄，从小到大，为这个怪姓，他已花了一吨口水去解释——这是古姓，跟田姓同宗同源，田姓是齐国王族，势力很大，等到刘邦称帝，杀田姓给猴看，为了生存，田姓八个分支只好改姓，从第一到第八，数第五这一支影响最大，其他七支基本没了——终于不愿去花哪怕一克口水了。

对他来说,名字姓氏只是符号传承,不具实质意义,比如程威风这个人,名字阳刚极了,却带点娘娘腔,是个典型的碎嘴,他有说不完的逸事,对住院部每个患者的身世,力求细致了解,这可以视作职业本能,精神科医生不比其他医生,精神病患者的疾病既不在皮肤也不在内脏,而是在看不见摸不着的意识里,了解患者的身世就有可能知道发病原因,就等于拥有了开锁钥匙,从这个角度讲,精神科医生保有一颗好奇心,非但不是缺点,简直是一种美德。

程威风的语速像陀螺,起初是缓慢的,甚至还带点难为情,随着故事的展开,就像被鞭子抽打似的,陀螺在他舌尖上越转越快:"你担心精神病人的尖叫会吓跑酒吧里的客人?真是杞人忧天,告诉你吧,很多人就是冲着尖叫来的,这是卖点,有人就喜欢找刺激,就像喜欢看恐怖片把自己吓个半死。对了,给你说件事,你不要告诉别人。"

第五永刚笑了一下,每次程威风说这一句,就意味着要讲上一大篇了,其实,肯定已经跟很多人讲过了——就像那句很多人喜欢说的"不是我吹牛……",预示着接下来肯定就要吹牛了——无非是用故作神秘的语气,烘托出故事的奇货可居。

2

我认识这个酒吧的老板,他喜欢坐在那把大伞下面,有时也来我们医院，以后你应该会碰到他。他自称老靳，革字旁一个斤，其实年纪并不大，胡子剃干净的话，也就三十岁左右。他经常留着胡子，看上去比较显老，有时候剃掉了，又变年轻了。他坐在大伞下面，烟灰缸里全是烟头。他很少说话，对人比较冷淡，对我倒是比较热情，酒吧里最好的是黑啤，特别爽口，每次我去，他都让酒保送我一扎，从不收钱，之所以对我这么客气，不是说对我投缘，而是因为我是精神病院医生，他希望从我这里了解米兰朵的情况，虽然我不是米兰朵的主治医师。

哦，忘了跟你说了，米兰朵是我们医院的一个病人，住在309室，进来快三年了，中间出过一次院，当天晚上又被送回来了。接走送来的都是老靳。她是自残型患者，拿到任何硬物都会扎自己肚子，所以被关在一个单间，住院费用一直是老靳在负担。

除了老靳，没有其他朋友或家属来探望过米兰朵，对此老靳的解释是，他跟米兰朵在一起的日子里，就没见到过她家人，她也没什么朋友，有几个小姐妹，也没到闺蜜的份上，她后来不做那一行了，慢慢就跟小姐妹不来往了。

起初老靳不说是怎么和米兰朵认识的，听话听音，从他流露出的信息里，我猜到了大概。有一天，老靳喝多了，酒后吐真言问我，小姐会有真爱么？

他说的当然不是先生小姐的小姐，现在很多词已经不是原来的意思了，我讨厌把妓女叫成小姐，也讨厌把教授写成叫兽，你看我哪里像吼叫的野兽？还是一头副野兽。

无疑，他问住我了，我猜到他说的小姐是谁，也猜到他希望我正面肯定他的提问。我对他说，杜十娘对李甲就是真爱啊。

他盯着我看，忽然叹了口气说，我就是那个李甲啊。

我明知故问他，那杜十娘是谁呀？

他朝我看一眼，反问我，你说呢。

这样一反问，确定了米兰朵就是杜十娘。

老靳和米兰朵是在城西的一个酒吧认识的，是米兰朵主动坐到老靳对面的，用老靳的话说，她是个老手，作为一个喜欢孵夜店的男人，老靳熟悉这种场景。但老靳觉得眼前这个小姐跟那些庸脂俗粉有点不同。没错，老靳说了庸脂俗粉，他是个有点文化的酒吧老板，大学读的是历史，当过一段时间中学老师，后来股票发了财，泡在证券公司大户室里，说话经常会冒出书面语。老靳说，她当时给我的感觉就是文雅，虽然一开始就知道她是小姐，但她的气质感染到我了，理智上我只是将她视作一个逢场作戏的对象，可在情感上，却希望她是良家妇女，是个好女孩。

他们开始玩骰子，老靳输得多，喝了不少，后来装醉，让她送他回家。到家老靳就醒了，抱住米兰朵发生了关系。完事米兰朵去洗澡，老靳在她皮包旁放了一小叠钱，比行情多了几张。她从浴室出来，老靳在床上双手合在脑后，看着她把钱塞进皮包，冲他笑了笑，拧开房门走了。

这件事的本质，说好听点是有偿一夜情，说难听点就是嫖娼。按理说，米兰朵走了也就结束了。

可是人这个动物很奇怪，有时候就会被一个眼神彻底俘虏，没错，彻底俘虏这四个字也是老靳说的，他说她离开时回头一笑，把他彻底俘虏了。就像中了邪，当时没觉得什么，倒头睡去，等到醒过来，那个笑又浮现出来，老靳对我说，知道什么叫回眸一笑百媚生么？那就是。

为了那个笑，老靳又去酒吧找她，她果然还在，这次他没带她回家，而是让她带他去了她住处。她一开始不同意，他对她说可以给两倍的钱，她就把他带回去了。

老靳说，那真是一个疯狂的夜晚，知道什么叫一夜五次郎么？那就是。

他们睡到中午，老靳睁开眼，看她的闺房，没错，老靳说的就是闺房，这个人真有意思，不时冒出酸溜溜文绉绉的词。老靳说，晚上去的时候光线不好，又猴急做那事，没留意她闺房。白天拉开窗帘，才发现虽是租来的小房间，却非常整洁，让他心念一动的是，没错，心念一动这四个字也是他原话，小圆桌和窗台上竟然各放了两瓶插花。

他又感动了，因为他一直以为像她们这样的人活得是很马虎的，是不会爱惜自己的，也是不会有什么情趣的。可她把闺房布置得那么温馨那么雅致，还插了花，还插了两瓶，她裸体站在窗前，皮肤细腻光洁，双腿笔直修长，他看呆了，那一瞬间，他好像爱上她了。

他开始追求她,她拒绝了,因为他知道她底细,所以她认为他们不会有未来。他像着了魔一样,开了一家花店,因为她曾说过,最大的梦想就是有一家自己的花店,这个举动终于打动了她,她不再去酒吧,开始经营花店,他们像真正的情侣一样,看电影,下馆子,去郊游。

一年后,她意外怀孕了,她提出结婚,他同意了,但只是口头同意,心里是反悔的。她的肚子大起来,他开始躲她,不接她电话,为了彻底摆脱她,他换了一家证券公司炒股,暗地里把房子卖了,在城东重新买了房子,她找不到他了,他人间消失了。

她知道再也找不到他了,仍在疯狂找,后来,就在半道羊水破了,胎儿没保住,她命大被抢救过来,医生查她手机通信录,里面只有一个人,备注为"老公",打过去却永远没人接,有个护士聪明,换个手机打,终于接了,是老靳接的,老靳说我是单身,不是谁的老公。护士说,那你总认识米兰朵这个人吧,她差点死在手术台上,我们找不到她的任何家属,你能过来一次么。

老靳赶过去的时候,米兰朵已经从输血中醒来,她被绑在病床上,是被强制固定住的。医生说,这个女人疯了,拿医用剪刀捅下腹,幸好身体弱没力气,否则可能把肠子都捅出来了。

老靳去看她,她的目光是空的,她不认识他了。

米兰朵被送进了精神病院,她病情很重,长期药物治疗使她脱了形，老靳在精神病院旁租下一个废弃的干休所，开了酒吧，他对我说，当我知道她手机通讯录里只有老公一个人的时候，心彻底碎了。

老靳又说，精神病院那么多疯子在夜里尖叫，你们医生不一定能听出哪个是米兰朵的叫声，我是听得出来的，她一叫我就想起她的那个回眸一笑，过去读杜十娘怒沉百宝箱没什么感觉，现在才知道，李甲是个彻头彻尾的人渣。

我想对老靳说一句话，话到嘴边强忍住了，我想说的是，杜十娘为什么要寻死，因为男人勾引良家妇女并不稀奇，最难的是收复婊子的心，婊子一旦以为找到了真爱，那就是赴汤蹈火的爱情，没有回头路可以走。

3

此刻，第五永刚坐在淡咖啡色单人沙发上，这是他第一次进入这个酒吧，听程威风讲了老靳的故事，他对那个当代李甲产生了好奇，此乃人之常情，不必说，之前他也去309室看了女主角，他没走进病房，透过门上的小窗，往内看了一会儿。

米兰朵坐在床沿，显然是镇定药片起了作用，从空洞的眼神可以判断，她属于很难恢复正常意识的患者，第五永刚经常陷于疑惑，精神病人的思维边界在哪里，为什么他们是不正常的，而所谓正常人就是正常的。正常的标准在哪里，其实在他看来，没有一个人是正常的，如果他是正常人，那么除他之外的任何人都是疯子，因为没有一个人的思维和他是一样的，不和他一样就是不正常，就是疯子，这在逻辑上没错，精神病人被送进精神病院不就是因为没有跟别人保持思维上的一致，那么保持一致的百分比在哪里？保持多大比例的一致才是正常人，正常或不正常的参照对象又是谁？

在第五永刚原来的想象中，米兰朵是个很漂亮的女孩，这种想象基于程威风的描述，也基于故事情节所派生出来的合理推断。道理很简单，如果米兰朵的容貌没有动人之处，对老靳这样一个情场老手来说，是不会有吸引力的，更不会被一个回眸一笑所打动。

当然，第五永刚即便认为米兰朵曾经漂亮，也只是发疯之前。尚未去309室时，理智就告诉他，如今的米兰朵肯定已丧失了美貌，一个长期服药的疯子，怎么可能好看呢。可他又怀着一丝侥幸，既然曾是美人坯子，至少会残留一些姿色，只要残留一点点，就能辨识出几分原貌。然而，现实还是过于残酷，他看到的米兰朵，用夸张的修饰说，全身没有一个细胞可以证明她曾是一个美人，头发稀疏，脸庞像被对称地削了一刀，巨大的眼袋把眼眶拉了下来，病历上写着二十七岁，实际足有五十岁。她坐在那儿，不知道近处有人注视着自己，她仿佛失去了余光，有余光的人肯定会警觉地转头，可她什么反应也没有。第五永刚无法将她跟那个深情的姑娘画上等号，她的手机通讯录里竟然只有一个号码，"老公"竟然是她世上唯一的联系人。第五永刚不喜欢这样的故事，他怅然若失地离开了。

当天晚上，他走进酒吧，点了一扎黑啤，酒保准备走开的时候，他随口问你们老板在不在，酒保说老板不是每天都来，也可能晚些会来。他心想，为什么鬼使神差就走进了酒吧，我又不认识老靳，真要是在，跟他说什么呢。

第五永刚平时不怎么喝酒，一喝就上脸，程威风说每次都来一扎，他就要了一扎，他知道是喝不完的，他有点后悔来了，又不便马上离开。他准备坐一会儿，喝掉一杯，至少半杯，他想起那句好奇心杀死猫，好奇心何止杀死猫，有时候连老虎也能杀死。

从这里看出去，住院部那栋楼半明半暗，有些病房灯关了，有些还亮着，他用目光从左往右数，停在309室那个窗户，他吃不准是不是309室，又重新数了一遍，但还是不能确定数对了，他觉得自己很无聊。

这时她出现了，一个眼神有点无辜的姑娘："请问你是一个人么？"

他点点头，她就在对面坐下来。

我叫瑟琳娜，你呢？

第一次遇到女性主动搭讪，他用斟酒的动作掩饰内心的小动作，刚才酒保送来黑啤时配了两只啤酒杯，他还在想，明明看到我一个人，为什么要给两个啤酒杯，这下明白过来，形单影只来酒吧喝闷酒的毕竟是少数，酒保一定认为还会有人来，或者酒保知道，即便是单身客人，也会被瑟琳娜这样的女人故意邂逅。

我叫戴维。他没有英文名字，临时起了一个。

你很像我哥哥。瑟琳娜一下子把距离拉近了。

你常来这儿么？他把啤酒杯推到她面前。

看心情吧。她说。

他们撞杯喝了一口，借助于昏暗的光线，他判断她是个美人，至少从轮廓看上去是。

她点燃一支细烟，用细长的手指弹一弹烟壳，意思是问抽不抽，第五永刚摆手谢绝，转而问道，你认识米兰朵么？

不认识，是你女朋友？她吐出一个完整的白圈。

不是。他把茶几上的烟灰缸挪给她。

她脸上浮起坏笑，第五永刚跟着一笑，他之所以这样问，是觉得这些爱孵酒吧的姑娘，应该都是彼此认识的。

又聊了一会儿，他一杯还没喝完，她把那扎黑啤的剩余部分全喝完了，可以再叫一扎么？她问，他说可以。她就叫了第二扎，等到第二扎喝得差不多的时候，她凑近过来，嘴唇几乎碰到他鬓角："你把它拿走，我就跟你走。"

随后重新坐直，口腔里热烘烘的酒气离开了他的耳蜗，细长的手指，细长的烟，积了细长的烟蒂，她把目光移走，将难题交给了他。

第五永刚审视那只烟灰缸，青铜材质，懒猫造型，长尾巴盘起处是弹烟灰的凹塘。

瑟琳娜布置完功课，起身去洗手间，她的背影摇曳在露天庭院里,真丝料子的长裙轻悬,腿很长,使他产生了非分之想。

怎样才能把这只猫烟灰缸从酒吧里拿走,第五永刚有点犯愁,如果是冬天或是深秋,穿长风衣或者厚夹克,可以裹进衣服带走,眼下时值初夏,穿衬衫牛仔裤,也没有带包,猫烟灰缸体积虽不大,塞进衣裤肯定还是鼓鼓囊囊的,说是不可能完成的任务或许夸张,至少也是风险极大的任务。问题在于,实习单位就在隔壁,万一被抓住闹到精神病院,丢人事小,肯定会影响毕业,继而影响前程,为一个艳遇,付出这么大的代价,委实划不来。

瑟琳娜回来了,手里多了本时尚刊物,曲线流动,也令他荷尔蒙流动,看着那只猫烟灰缸,他心里布满愁云,怎样才能把它拿走呢。

这么暗的光线,还读杂志呀?他问。

她把食指放在唇间,做出嘘的手势,这本杂志上的时装很好看,我撕几页下来找裁缝做。

被发现不好吧。他说。

她一边翻看一边撕下中意的页面,被发现大不了把杂志买下来,你说的米兰朵是谁啊?

一个像你一样好看的女孩。他说。

她朝猫烟灰缸努努嘴,觉得我好看,那你把它拿走呀。

微风吹动着长条茶几上的刊物,她将撕下的页面折好放进坤包,他看着坤包,它缀满水晶状的串珠,过于精巧,除了放唇膏钥匙卫生巾，放不了多余的东西，更放不了体积与它相仿的猫烟灰缸。第五永刚知道，即便她背的是大一点的包，也不会同意借用，她就是要让他把猫烟灰缸偷走，这是一种包含着恶作剧的挑逗，只能由他独立完成。

第五永刚目光下垂，无聊的手指翻着那本时尚刊物，纸页哗啦啦像扑克牌，其实是在打发尴尬，他想把她带走，却对偷走猫烟灰缸无能为力，她仿佛在偷笑，随手撕下一张内页折着玩，一会儿折出一个形状推过来，看看这是什么？

啤酒起子？第五永刚辨认了一下。

什么啤酒起子，这是小老鼠。她纠正道。

哦，不怎么像。

哪里不像了，这尖尖的是嘴，这长长的是尾巴。她噘嘴做出生气的样子。

你一说，好像是有点像了。

说着，他锁着的眉头舒展开来，从杂志上撕下一页纸，开始折，瑟琳娜审视着他的手势："你手指好长，不弹钢琴可惜了。"

他不吭声，又撕下几页，手指乱绞，有点紧张地朝周遭看，客人们在喝酒聊天玩骰子，酒保在室内，没有人留意他。瑟琳娜嘴角卷起笑容，身体前倾，低声说，你好神哎。他更紧张了，手却没有停，七八分钟后，折好了一只立体的客船，长条茶几上的猫烟灰缸随之消失了。

这是泰坦尼克号么？她朝他挤挤眼。

小时候在少年宫学的手工课。他也朝她挤挤眼。

等酒保从室内出来,第五永刚招手叫他结账,算完酒钱,额外递出二十元说,不好意思,拿了你们一本杂志,折成纸船送给了这位姑娘,这是赔你们的杂志钱。

酒保看了眼纸船,算了,一本过期杂志,你手倒是挺巧的。

一阵风吹过,树影把黏稠的夜色摇来摇去。

他捧着纸船往外走,瑟琳娜跟上来,挽起了他胳膊,她发现他在微微发抖。

这是他第一次未经允许拿走别人的东西,虽然并不是很值钱,但当一个小偷的体验确实不好,不仅是一种心理的害怕,更是一种生理的失重,所以他遏制不住发抖。当然,也可以解释为他是初犯,所以承受力不行,他咬肌绷得很紧,这样可以咬住身体的全部血管,让发抖有所缓和。

走到街角灯光的折断处,酒保没有追上来,偷窃计划大功告成,发抖也随之消失了,他转头问她,我们去哪儿?她想起了什么,跑回去看那块很不起眼的生铁招牌,很快又跑了回来:"你说的米兰朵不会就是这个阿朵吧?"

他刚要回答,精神病院那边传来一声女人的尖叫。他手一沉,慌忙用掌心去托纸船的底部,未能兜住,猫烟灰缸携带着它的重量洞穿了纸船,像一只逃跑的魂灵钻进路边的臭水沟里去了。

写于 2017 年 10 月 26 日

日出撩人

自行车的嘎吱声将街灯碾碎,夜色中我们向海滨进发。关于这次旅行,大家早已约定。之所以推迟到现在,完全是经济上的原因。用现在的眼光看,七个人的一次出游,仅仅需要三百元钱,摊下来尚不足人均五十,但你要知道我们那时候的月基本工资只有二十八元,加上奖金也不过五十多元钱。况且七个人当中有三个是女的,她们在这方面是天生的豁免者,余下四个小青工在同一家印染厂上班,他们的收入是差不多的,所以要筹备这笔钱并不那么简单。

但这个计划的吸引力是很大的,为了尽快成行,钱壮壮和我串通好冒次险,把计量组的秤磅砣偷出去卖。我俩共搞到磅砣数十枚,使厂部大动肝火,因为一夜之间厂里所有的秤都成了摆设,需要过磅的产品堆在车间里无法入库。但这个案子始终没有破,因为它是一次性的,虽然耽搁了厂里的工作流程,本身价值并不太高。第二天那些磅砣就被配了回来,单位为此支付了三千多块钱。

而我和钱壮壮手里的那些磅砣却只卖了两百多元钱,道理很简单,它们是被当作废铜收购的。而且回收站里的人吃准了来路不明,故意把价格压得很低。我和钱壮壮做贼心虚,在讨价还价这个环节上根本无心恋战,拿了钱后立刻就扬长而去了。

有了这两百多元垫底,去海滨的日期很快被定了下来。大家都很兴奋,因为这是一次期待已久的活动,汪莉特意打电话给我说,你说我们真的能看到美人鱼么?我说,当然了,报纸上都登了,不会假吧。

星期六黄昏,约好集合的时间,大家准时出现了。出发地点在宋成家门口,一共有五辆自行车。除了四个男的,陈薇也骑了一辆,而汪莉自然坐钱壮壮的车。剩下姚红比较麻烦,因为她和别人不一样,她还带来了一个微微隆起的小腹。从市区到海滨起码要骑三小时,一路颠簸,别说一个孕妇,就是我们小伙子都会吃不消。所以针对这件事,我们讨论了一会儿,商量下来是姚红由李果安陪着去坐郊区公交车,李果安的自行车则借给汪莉,这样剩下的五个人都有了自行车,免得坐在书包架上的汪莉老吃弹簧屁股。这个意见是钱壮壮提出的,立刻就全票通过了。

临行前大家到附近一个排档摆了个饭局。一直吃到晚上12点多,宋成去把账结了。集体活动的时候他一直担任我们的财务主管,他是我们这些人中间最细致的一个,钱保管在他那儿,你根本不用担心出现赤字这样的情况。

终于可以上路了,李果安和姚红暂时与我们告别,去坐他们的郊区公交车。剩下的三男二女则飞身上车,行驶在去海滨的路上。

途中，汪莉又把那个疑问提了一次，你们说，真的有美人鱼么？

钱壮壮看了他女友一眼，说，你怎么这么笨呢，居然问出这个问题。

汪莉说，我当然要问问清楚，如果看不到美人鱼，我们赶那么远的路干什么？

陈薇也附和道，丁乙，你不会骗我们吧。

我装作没听见，骑到前面去了，陈薇紧踩了几下，赶上我，继续问，丁乙，我在问你话呢。

我说，你是说美人鱼么？我身边就有一条。

陈薇愣了愣，羞涩掩饰不住地在脸上出现了，她的眉倾斜了一下，手掌拍打在我的衣服上，嘴里骂道，你这个十三点。

我把腰扭到一边，迅速逃离了。陈薇的车歪了，差一点摔倒，但她的反应还算敏捷，用脚抵地，稳住了。

黑夜从我们的身体穿越过去，使我们成为它的一部分。进入郊区，路灯稀了，犬吠声多了起来。这段路开始，大家的说话明显少了，为保存体力，骑车速度也开始放慢下来。南方的夏天之夜，轻风中始终有奇怪的阴影在摇曳生长，宋成开始说他擅长的鬼故事，他说，陈薇，你骑得慢一点，我听到了什么声音。

陈薇把头回过来，问，什么声音？

宋成说，那个声音在说，你把我撞疼了。

陈薇的神色一下子变了,从自行车上跳下来,指着宋成骂道,你要死啦。

宋成说,我不骗你,我真听见了。现在这种时候,他们都出来了,满街都是,挤得不得了,你走一步可以撞上两个,别张嘴,说不定舌头上还挂着一个。

陈薇张开的嘴一下子闭上了,朝宋成冲了过来,把他拖下车,在他背上连续撞击,把笑成一团的宋成打得落荒而逃。

这个插曲过去之后,大家蹬车的脚劲都加大了一些。足球健将钱壮壮有一度把我们都甩没了,在一个拐弯处点燃了香烟等我们,等到一支烟抽到大半我们才赶上来。

和原来估计的差不多,我们来到海滨已差不多凌晨三点,路上耗时三小时不到一些,大家都出了好几身汗,所以到达目的地后的第一件事就是找地方冲凉。我在前面忘记交代,我们去的其实是海滨的一个天然浴场。在广阔的视野中,修建了几幢简易的房子,它是海滨浴场的配套建筑,主要用来出借救生圈和帐篷,另外,也有可供冲淋的设施。将自行车放进车棚后,汪莉和陈薇先去了冲淋房,我和钱壮壮宋成则去借帐篷,然后把它搭成蒙古包似的东西。

沙滩上人很多,临时架起的电线木杆上亮着刺目的太阳灯,走不多远就有一个,所以虽然是深夜,视野并不成问题。来海滨的人都是准备熬夜的,整个气氛和白天喧闹的菜市场也没太大区别。我们三个刚忙完,汪莉和陈薇也来了,她们已经换好了泳装，由于羞涩，用一块大浴巾包住了身体。我们不怀好意地笑了笑，两个姑娘把头一低，钻进帐篷里去了。

这时候，宋成提到了李果安和姚红，他疑惑地说，这么大的地方，怎么找他们呢？

陈薇把头从帐篷里伸出来说，还不知道他们到没到呢，有什么办法没有？

钱壮壮说，你们两个躲在这里干什么，快出来打牌吧，这么亮的地方，他们肯定会看到我们的。

陈薇说，你们不去冲个澡？出了那么多汗。

钱壮壮说，风一吹早干了，我们男的又不像你们女的，不讲究那个。

宋成说，待会儿我们去游泳，那个澡堂子多大呀。

我说，你们四个先打牌吧，我去逛逛。

陈薇说，你上哪儿呢，别走失了。

我说，随便逛逛，你这么关心我，我可担当不起。

钱壮壮和宋成立刻起哄起来，陈薇骂道，谁关心你了，去死吧。

我便避开嘈杂的人群，来到偏僻的暗处，把衣服和鞋子脱掉，下海游了一会儿。十多分钟后上了岸，在沙滩上坐下来，两只手一边抓起沙子，一边放在自己的腿上。然后慢慢仰下来，继续用沙子掩埋掉肚皮和胸膛。当这个工程快要完工的时候，我跳了起来。因为我摸到了一个圆形的东西，它很坚硬，似乎也很光滑。我把它挖了出来，它是一只还没有孵化的海龟蛋。我用上衣把它包起来，在沙滩上到处闲逛。有几次，我走到了离开陈薇他们很近的地方，但我没有和他们会合。他们还在打牌，诚如钱壮壮所言，李果安和姚红真的找到了他们。而且李果安已经把宋成从牌局上替换了下来。我知道他们都在消磨时光，等待太阳升起，等待日出时分出现的美人鱼。

然而我明白，美人鱼是没有的，它只是一个以讹传讹的传说。我想汪莉他们也清楚，美人鱼不过是导致我们出游的一个理由。当然如果没有这个理由，也可以有这样一次活动，但是静观一个谎言破灭会更有意思吧。

海滨浴场有美人鱼最早是晚报上的一条消息。它被刊登在不起眼的角落，篇幅只比香烟盒略大。大意是说，有人在海滨浴场日出时看见了美人鱼。美人鱼长发垂肩，上身裸露，下身是银光闪闪的鱼尾，核实还有待时间。但之后晚报对此事就再也不提及了。

一条本该不了了之的逸闻，却使我们兴奋了好久。当我第一次把它说给钱壮壮听时，他急不可待的表情告诉我，他已经准备动身前往海滨了，并且他立刻把这个消息以肯定的语气告诉了另外几个人。当汪莉打电话向我核实时，我知道已不能阻挡他们的好奇心了，我马上以热烈的情绪同意了她的建议。对，去一次海滨，去看看美人鱼，你要知道那可是不穿衣服的美人鱼啊。

此刻，我怀抱那只海龟蛋在沙滩上散步，朋友们就在不远处的帐篷前玩着扑克，孕妇姚红托着她缓缓隆起的小腹在东张西望。我知道，她在找我。但她看不见我，因为我前面有一些人挡着。我掉过身去，朝发现海龟蛋的地方走过去。因为我发现鞋子遗落在那里了，这是我下海前的疏忽。沙滩给足底的感觉是一种粗糙的微痒，我好像很喜欢这种沙粒与皮肤的摩擦。我找到了我的鞋子，同时看到了两个少女在那儿背靠背谈笑。我站了一会儿，吃惊地发现她们聊的居然也是日出时的美人鱼。显然她们对美人鱼能否出现充满信心。我还发现她们都将下肢藏进了沙滩里面，她们的双手不停地抓起身边的沙子，洒在身前耸立的沙堆上。

我将包着海龟蛋的上衣放在鞋子旁边，再次来到海里。游了片刻，当我重新回到岸上时，那两个少女不见了，姚红却不知何时出现在那儿，她看着我从海中走来，同时也看见了我眸子里的慌张。

为什么老躲着我？她说。

没有呀。我辩白道。

为什么晚餐时看都不看我一眼。她说。

我们不是说过不提那事了么，难道你忘了。我说。

我没忘，但现在情况出现了变化。她说。

情况没有发生变化，你我之间是有过逢场作戏的一个晚上，但那早就过去了。我走到她身边，穿上鞋子，把海龟蛋从上衣里倒出来。我把衣服搭在肩头，在她面前半蹲下来，说,我没故意躲着你。

你就是在躲着我,你想逃避责任。她看着我的眼睛。

我将乌龟蛋放在沙滩上,坐在它上面,它居然支撑起了我的身体,稳稳地像一只椭圆的凳子。

我不会承认你肚子里的孩子是我的,绝不会。我说。

你觉得那样对李果安公平么?她说。

那对我公平么?我说。

我的身体自己知道,它是在那次以后停掉的。她说。

凭什么说那不是李果安的呢?我说。

你别装糊涂,那几天我和李果安几乎吵翻了,否则那天的事会发生么?她说。

那时你情绪那么激烈,那么反常,难道只和我一个人上了床?我说。

你这个无赖。她的眼泪夺眶而出。

我并没有乘人之危,是你自己投怀送抱的。退一万步,如果你肚子里的东西是我的,也是你的原因。

说完这句话后我就离开了,我知道这样做很过分。可我只能这样,我不能卷到这种事情里去,那将后患无穷。

大约十分钟后,我又见到了那两个少女,她们又将下体埋进了沙子里,看见我走来,她们微笑着向我致意。我和她们攀谈起来,我说,怎么才一会儿就不见你们了。

我们去游泳了。少女甲说。

等我们游完泳上来,发现你坐在一只大蛋上和一个孕妇在一起，我们就只好换地方了。少女乙说。

我笑了笑，说，为什么老用沙子把腿给埋起来，下面不会是鱼尾巴吧。

你想看看么？她们都笑了起来。

你的那只大蛋呢？少女甲问道。

我愣了一下，我知道海龟蛋在哪儿，但让我重新回去却有点困难，因为我不知道姚红是否还在那儿。海龟蛋的遗失虽然比较可惜，但比起那个麻烦的小腹，似乎也算不了什么。

你们好像是来看日出的？我转移了海龟蛋的话题。

我们是来看美人鱼的。少女甲说。

你们觉得会有美人鱼么？我问道。

会有的。她们异口同声回答。

怎么这样肯定？我笑着看着她们。

那你为什么来海滨呢？少女乙问道。

我是来游泳的，我们为什么不一起去游泳呢？我说。

我们刚刚游完，想休息一下。少女乙说。

这时我的肩头被人拍了一下，我把头掉过去，李果安站在我的跟前，他对我说，丁乙，你看见姚红了么？

我愣了一下，说，没看见。

李果安说，很奇怪，她会到哪儿去呢？

我说，你们不是一起坐长途车过来的么。

李果安说，到海滨后她就不见了，我刚才一直在打牌，也没留意她去了哪儿。

我说,她又不是小孩,不会走失的。

李果安说,这段日子她老是心事重重的,女人怀了孕是不是都怪里怪气的。

我说,这个,我可不懂。

李果安说,我一下车就没再看见你,原来你出来单独行动了。那两个姑娘不错,怎么勾搭上的?

我说,我们来这儿不就是找美人鱼么,要不我给你介绍一条?

李果安说,算了吧,我得先把姚红找到。

李果安朝两个少女看了一下,走开了。

我重新转过身,少女乙仰起头对我说,他是你朋友么?够帅的。

我说,要不要介绍给你认识。

少女乙说,好呀。

我说,晚了,人家都要当爸爸了。

少女乙说,可惜,这么早就结婚了。

我说,谁说他结婚了,要当爸爸,不等于结婚了。

两个少女起哄般叫起来,吐出舌头做起了怪模样。

我说,你们怎么称呼,可以告诉我么?

少女甲说,为什么要告诉你呀。

我说,我们互相介绍一下自己吧。

少女乙说,你以为我们以后还会见面么?不会啦。

我说，你怎么这么肯定我们以后不会见面呢。

少女乙说，我们知道的。

她们咯咯笑了起来，我装出一副无所谓的样子，说，我想我们还会见面的，但是现在我要走了。

我朝我们的帐篷走去，朋友们牌瘾正酣。汪莉和陈薇身边的大浴巾早已退至腰间，钱壮壮和宋成也在状态之中，我的出现并没惊动他们，他们只是朝我看了一眼，便重新投入了牌局。只有汪莉嘟囔了一句，你都到哪儿去了？见我没有吱声，她也没再问下去。

于是我又走开了，离日出尚有一段时间。我朝远处的简易房走去。在那儿的冲淋房洗了个澡，躺在长条木椅上开始打盹。

不知道过了多久，宋成找到了我，把我叫醒，对我说，丁乙，出事了。

我不知道发生了什么，马上跃身而起，跟在宋成后面奔跑。

此刻，海平线已经微微泛红，气喘吁吁的宋成对我说，姚红突然大出血，已经不行了。

我说，怎么会呢？

宋成说，我也不知道。

我说，李果安呢？

宋成说，不知道上哪儿去了，你和他之间发生了什么，他来找过你，样子很怕人的。

我们奔到出事地点的时候,姚红已经被救护车送走了。除了医护人员,车上只能陪两个人,所以陈薇和汪莉她们一起去了医院。

钱壮壮留在现场,看见我过来,他说,肯定是没救了。我从来没看到过一个人流那么多血。

太阳不知不觉升起来了,我们不知道美人鱼有没有来。日出已经完成了。新的一天开始了,越来越多的人来到了海滨浴场。我们离开的时候,白昼的沙滩上开始流传一个新的传说:就在刚刚过去的凌晨,一个女人分娩了一只巨大的蛋,蛋壳上沾满了鲜红的血。这件事许多人都亲眼目睹,绝对是一个真实的人间奇迹。

写于2000年2月3日

金色镶边的大波斯菊

这个故事始于夜晚，基调是青柠色的。人物不多，没有主角，因为现在谁都是配角，谁都是配角也就是说大家都活得很消极。脸色比较憔悴，没有生病，但看上去总不那么健康。月亮一出来，他们也跟着在街上出现了。没有月亮呢？谢文问道。其实情况也是一样的。江术回答。

于是月亮在这里就成了一个形容词。

广场上站着的人很多，他们中的一部分正在等车过江。谢文和江术在找计程车拼座。一只夜归的广场鸽被风筝线缚住了翅膀，掉在距离他们不远的花坛里。

已有六七辆计程车停泊在这儿，司机们下车吆喝着，等待拼座的乘客听他们说出过江后的路线，然后便朝相中的坐骑走过去。按照客运管理处的规定，这种情况是不允许的，它将导致营运市场的混乱。拼车的本质是将车费分摊开来，使乘客得到实惠。另一方面，计程车司机似乎也没吃太大的亏。但事实上它仍会造成恶果。譬如乘客就会产生讨价还价的惯性，使计价器变成摆设。而这种默契一旦形成，行业的损失就不再会是小数目。而一旦出现车祸，又很难厘清责任人和受害人的关系。这或许是客管处要取缔它的根源。

谢文捧着那只奄奄一息的广场鸽，左边半个翅膀已经断了，还没等过完江就死去了。计程车疾驶在江底隧道，谢文和江术坐在后座，前面的乘座上是一名中年女性。谢文朝窗外看着，坐在中间的江术则不停打量着他身边的乘客，那是一个漂亮姑娘，剃着时髦的短发，口红很鲜艳，眼睛上装着假睫毛。江术对她说，小姐，我们很有缘啊。

姑娘瞥过来一眼，一副没把江术放在眼里的傲慢姿态。

江术见她没搭理自己，就闭上眼睛假装打起了瞌睡。不知何时，他的一只手搭在了姑娘的后腰上。他感受到手掌里的身体扭动了一下。他把眼睛睁开了，与她目光相对。她的表情与方才大不一样，似乎突然间被征服了，露出带些风情的虚假怒容。江术把嘴凑到她的身边，轻声地说，我跟你一起上班去吧。

她用手轻轻地把他的手扳开，同样轻声地说，你知道我在什么地方上班么？

江术说，待会儿我和你一起下车不就知道了？你姓什么？

她把头摇了一摇，说，叫我吉娜吧，看样子你是老吃老做了。

江术又把眼睛闭起来，把头靠在座椅凸出部分。这时谢文用右肘捅了捅江术，说，鸽子死了，这是从它嘴里掉出来的。

江术看见谢文打开一个卷起来的小纸棍，他把脸凑过

去，看见上面写着一行字：BP128—569781 薇薇

江术笑了起来，对谢文说，给她打个拷机吧。

谢文说，你打呀。

江术将手机从裤袋内掏出来，对着纸片上的号码给拷台打电话。操作完毕，他看了一眼谢文，说，看吧，十分钟之内保证回电。

此刻计程车已经出了隧道，行驶在宽阔的中轴大道上。谢文将鸽子扔到路边的一片树荫中去了。计程车在一个岔路口暂时停下，让前排座位的那个女客下了车。

吉娜趁此机会换到前面去坐了，于是后排就剩下了江术和谢文两个人。他们保持了一段距离，好坐得宽松一些。计程车朝前面开去，大约过了五六分钟，江术的手机真的响了起来。他把折板展开，将车窗摇起一点，冲着手机大声说话。对方也是在用手机，含混的信号使江术听得很吃力。即便如此，他们还是在很短的时间内完成了对话，约好一会儿再联系一次，然后落实见面的地方。

谢文看着江术，问，你认识这个薇薇么？

江术说，怎么会呢。

谢文说，听你口气好像跟她很熟似的。

江术说，是么？也许真的很熟吧，谁知道呢。

谢文说，你怎么会一点障碍都没有呢。

江术说，告诉你一个秘密，如果你觉得生活他妈的没有意义，你就会百无禁忌。

谢文说，你不至于吧，你小子在我面前装什么酷。

江术说，我不装酷，快乐，你知道么？你有过快乐么？你永远不知道你想要什么，也永远不知道自己会失去什么，一切都他妈的像活见了鬼。

吉娜把头掉过来，哎，我要下车了，你跟我去上班么？

江术朝她看了一眼，去，为什么不去。

计程车在一个华丽的门廊前停下，这是一家涉外大饭店，站在大厅门前的侍者过来把车门拉开。江术对司机说，车钱由我来付吧。

吉娜已经下了车，她似乎知道江术会帮她结账。她的身影婀娜如梦，有着非常美妙的线条。她朝电梯走过去，在等候的片刻，江谢两人也来到了电梯前。梯门打开了，他们一并进入，吉娜按亮了"28"，那是顶楼的键码，电梯很快就抵达了上峰。

出了电梯，江术上前握住吉娜的手腕，待会儿进去吧，我先打个电话。

吉娜将手抽出，上班时间马上要到了，你待会儿进来找我吧。

江术说，那就待会儿见。他边说边拨通手机，由于信号不足，他朝临窗的位置走去，声音似乎清晰了一点。他大声说话，目送着吉娜消失在拐角处。

江术说，你是薇薇么？我在朗姆夜总会，你现在过来吧，就在第四大街上，红鲤大饭店顶楼，什么？二十分钟，我们等你，你还要带人来？我看算了吧，这里已经有一个了，对，就你一个人来吧。待会儿见。

谢文说，你真的把她叫来啦？

江术说，马上就到，接下来就看你的了。

谢文说，那我们现在干什么呢？站在过道等她么？

江术说，不，我们先进去，我要去找吉娜。

两人便朝左边过去，一位迎宾小姐微笑着注视着他们，说，先生，欢迎光临朗姆夜总会，请随我来。

江术和谢文穿过窄长的过道，粉红色的壁灯和抽象派油画在沉默中徐徐后移。迎宾小姐在一间包房前停下来，拧动把手，推门而入，使华丽而平庸的空间呈现在面前。

江术和谢文在沙发上坐下，侍者端来了坚果和茶水。江术对侍者说，去把吉娜叫来吧。

侍者朝江术看了一眼，说，你等等，我马上叫她来。

侍者出去了，谢文也站起身，他要去一次洗手间。

房间里，江术点燃一支"中华"，身体放松下来，吸了一口烟。烟雾袅绕中，吉娜推门而入，后面站着一排身着统一旗袍的姑娘。江术鼻孔里有两根白雾钻出来，他把烟熄灭了，笑嘻嘻地对吉娜说，都不要，我只要你。

江术看见那些姑娘在偷偷嗤笑，吉娜把手一扬，她们便如花妖般消失了。吉娜轻挪脚步，化作一团香气，靠近江术，江术把刚刚摁灭的香烟重新点燃，说，你看我多专一。

说完，他自己也觉得有点过头，不禁笑了起来。来不及吐出的烟让他产生剧烈的咳嗽，吉娜用手掌轻拍他的背，你看，说假话得付出多大的代价。

江术把吉娜拥入怀中，说，我姓江，叫我大江吧。

吉娜说，我只能陪你一小会儿，你知道那些姑娘都在等着我呢。

江术说，你舍得让我一个人坐在这里么？

吉娜说，那么多姑娘你一个都不喜欢？

江术说，你说呢。

吉娜说，我真的失陪了，我去找我们这里最漂亮的姑娘来。

江术叹了口气，算了吧，待会儿再说吧。

吉娜说，那我先走了。

外面突然嘈杂起来，似乎是有人在吵架。江术听到了谢文的声音，他马上跳起来，往过道跑去。果然他看到谢文正与一个戴眼镜的年轻男子撕扭在一起。那男子脸上已被揍出一块青皮，江术不知道谢文是否受伤，他上前准备助谢文一臂之力。这时保安赶到了，用武力将两个闹事者强行分开。那男子一经解脱立刻跑掉了，江术一边向保安打招呼，一边将谢文拉到包房里来。

谢文没挂彩，他过去练过散打，同时开打两三个人不在话下。看着他怒不可遏的样子，江术很奇怪，因为谢文其实是一个脾气很好的人，江术从来没看过他发这么大的火。他问道，出什么事了？

谢文说，我在洗手间撒尿，那家伙也在旁边，时不时瞄一眼我那玩意儿，眼神特别恶心。后来整个人凑过来，问我是不是能跟他走。我当场一掌打在他脸上，这小子想逃，我就追出来了，要不是保安来，我他妈非揍死他不可。

江术说，其实你只要走开就可以了，犯不着打他。

谢文说，你看我像同性恋么？

江术笑着说，算了算了，我们是出来找乐的，不是来找不开心的。你看，薇薇来电话了。

江术笑着把响起的手机打开，边说话边往外走。过了片刻，便将一个穿白色长裙的姑娘带进了房间。

介绍一下，这是我最好的朋友小谢，你的拷机是他从一只鸽子嘴巴里拿到的，看你们有多有缘。

穿白色长裙的姑娘笑着对谢文说，我叫薇薇。

谢文的手在沙发上拍了一下，薇薇便领会地在他身边坐下。

我们唱首歌吧。薇薇打开茶几上的点唱本，唱一首什么歌呢，《糊涂的爱》？

可以，就这首。谢文说。

江术说，你们先在这里玩吧，我出去办点事。薇薇，小谢明天就要回北京了，今晚你要好好陪陪他。

江术把门轻轻带上，把正在响起的《糊涂的爱》关在室内。薇薇说，谢先生，您是北京人？

谢文说，对，是来出差的。

薇薇问道,你在北京干哪一行呢?

谢文说,我是一个厨师。

薇薇把头点了一点,开始对着银屏唱歌。到了男声部,谢文也跟着唱起来。一曲甫毕,吉娜把门推开一条缝,看到江术不在,问道,刚才那个大包头的先生呢?

谢文说,走开了,估计待会儿就过来。

吉娜把门推得更大一点,身后站着一个姑娘。吉娜说,我把我们这儿最漂亮的姑娘带来了,他怎么走开了?

谢文说,他马上就会来的。

吉娜对那姑娘说,莉莉,那你就先在这里等一会儿吧。

被称作莉莉的姑娘就走了进来,在沙发上落座,然后吉娜把门关上,走了。

谢文说,你和我们一块儿唱歌吧。

三个人各自唱了一曲,江术仍没有出现。谢文就把手机拿出来,给江术拨了一个。刚接通,江术却推门进来了,他站在门口。朝谢文招了招手,示意他过去。谢文就和他一起来到过道上,江术对谢文说,这把是2607的钥匙,你把薇薇带过去吧。

谢文说,我怎么给她说呢。

江术说,你先下去,待会儿她会来的。

谢文接过钥匙,朝电梯方向走了。

江术把门重新推开,朝薇薇招了招手。薇薇便起身走过来,江术说,小谢在2607房间,你去吧。

薇薇说，你可真是好兄弟，把一切都安排好了。

江术说，完了你再到这边来，我来结账。

薇薇说，里面的那位小姐等你好久了，你快进去吧。

江术说，知道了，我去看看这里最漂亮的姑娘长得怎么样。

薇薇说，那姑娘真是蛮漂亮的，去吧，去吧。

两人便走向各自的目的地，江术坐在沙发上，对身边的姑娘说，你叫什么？

莉莉。

坐过来一点吧。江术握住了她的手。

莉莉朝江术身边挪了挪，使他可以拥她入怀。

让我瞧瞧，江术捧起了她的脸，据说你是这里的头牌。

莉莉将头侧向一边，你别取笑我了，我哪是什么头牌。

江术说，长得确实不错，希望不是个花架子。

莉莉说，其实我们这里的姑娘最希望自己是个花架子。

江术说，我不是那个意思，我说的花架子是中看不中用的意思。

莉莉说，谁让你用呀。

江术说，那我让你用吧。

莉莉说，你们男人真奇怪，做那事真的很快活么？

江术说，你怎么问出如此奇怪的问题。

莉莉说，我对男人好像就没什么感觉。

江术说，如果男人也像你一样，不来光顾你们，你们吃什么呢。

莉莉说，男人好像都是喜欢做那个事情的。我男朋友和我住在一起，三天两头都要来，我一点都不觉得快活，看着他忙上忙下，觉得好奇怪。

江术说，知道欲望从何而来么？告诉你我的一个发现，凡是身体上没有皮肤的地方就特别容易产生欲望。

莉莉说，没有皮肤的地方？

江术说，比如说舌头，再比如，你想想。

莉莉说，我对这种事没兴趣，所以不能去想，不过我明白你在说什么。

江术说，有点意思吧。

莉莉把嘴巴凑到江术耳边说，你是个老手。

江术说，你也不是新手吧，去把灯拧暗一点，我们干点什么吧。

莉莉说，在这里？不可以的。

江术说，那我们唱两首歌吧，我在楼下2607已经订好房间，等我朋友回来，我们就下去。

两个人相偎相依，开始唱歌。江术的拷机响起的时候，时间大约过去了半个小时。液晶屏上显示，已结束，请来我处。谢文。

江术对莉莉说，我们走吧。

莉莉说，你先去，我去把旗袍换掉马上就来。

江术说，顺便叫人来买单。

莉莉说，那么待会儿见。

江术把手挥了一挥，喝了一口百事可乐。然后侍者跑来了，江术把账结完，出门坐电梯来到2607房间。

只有谢文一个人躺在床上，江术问，薇薇呢？

谢文说，走了。

江术说，她怎么没到我这里来结账呢？

谢文说，根本就没做，她哭着跑掉了。

江术说，怎么回事？

谢文把头摇了摇，谁知道呢。

江术在圈形椅子上坐下，莉莉走了进来。江术对莉莉说，你先去洗个澡，我这里有点事。

看着莉莉走进盥洗室，江术问道，说说吧，怎么回事。

谢文就把刚才发生的一段讲给江术听——

我和薇薇上床以后，看见她背上有个很漂亮的文身，刺着一朵镶金边的花儿。我叫不出那种花的名字，薇薇说，那叫大波斯菊。我问她刺的时候疼不疼，她笑着不回答。她笑得特别甜，我就想和她做事了。我们搂在一起。这时我发现她的文身是贴上去的，因为旁边有一点小小的起壳。薇薇看见她的这个秘密被识破后似乎很惊慌，因为我执意要把它撕下来。她拒绝了好几次，最后终于默许了。但是，贴纸下面的皮肤令我感到了更大的吃惊，因为与大波斯菊的枝条叠和的是一条很长的刀疤。我当场就愣住了，然后薇薇就一声不响地起来穿衣服。我问她刀疤的来历，她眼泪就流下来了。

再后来,她就说了声对不起,拿起包离开了。

江术说,这就是你的不对了,你不该去揭人家的伤疤。

谢文说,我怎么知道她那儿有伤疤呢。

江术说,可你看见了再去追问它的来历就不对了。

谢文说,我也是出于好奇罢了。

江术说,我出去转一下,要不你和莉莉?

谢文说,算了吧。

江术说,明天就要走了,你总得为这个城市留下点什么吧。

谢文说,我没兴致了,下次吧。

江术说,那样的话,等莉莉洗完澡,我们一起去吃点夜宵?

谢文说,肚子好像是有点饿了,吃点东西也好。

于是,十分钟后,两男一女来到餐馆林立的大街上。江术的手机再次响了起来,打来电话的是远在成都的方小方,他带着哭腔,说了一个坏消息。

其实我早就确诊了,可他妈的身边的人都在瞒着我,我得的是癌,而且已经转移了。

江术想安慰方小方,可他觉得任何语言都是苍白的。他早就知道方小方真实的病情了。早在两个月前方小方的女朋友阿果已在信中告诉了他。江术说,小方,你不要着急,你现在的状态怎么样?

方小方说,我现在很好,胃口也不错,开始吃我们这儿一个民间医生开的土方。听说他治好了不少人,有些人的症状比我还要糟糕呢。

江术说,那太好了,你要注意多加休息,休息是非常重要的。

方小方说,抽空来成都吧,你和谢文上一次来成都有四年了。

江术说,谢文出差到我这儿,就在我身边,我让他给你说两句吧。

方小方说,这么晚了,不会只有你们两个人吧。

江术说,我们总得干点什么吧。

方小方说,让谢文给我说吧。

江术将手机交给谢文,谢文说,小方,你好,我一直惦记着你呢。

方小方说,你快来成都出差吧,你现在看见姑娘不再腼腆了吧。

谢文说,不行,还是不行。

方小方在那头说,学学江术吧,我们要向江术好好学习。

两个人遥距千里哈哈大笑起来,方小方说,好吧,就到这儿吧,听到你们的声音,我感觉好了很多。

电话里传来了忙音。谢文把手机还给江术,说,小方要我向你学习。

江术笑了一下,就这儿吧,这个店不错。有个招牌菜,溜肥肠，保证你打了耳光不肯放。

谢文说，你说得这么好，那就它了。

莉莉说，我不想在这个店里吃饭。

江术说，为什么？

莉莉说，这店的老板是我过去的男朋友。

江术说，那有什么，他敢来找麻烦，你要知道我这哥们是散打高手。

莉莉说，我知道，我已经领教过了，刚才在朗姆，他不是已经露过一手了么。

江术说，对，对，他已经露过一手了。

莉莉说，我们还是换一家吧。

谢文说，那就换一家吧。

江术说，不行，凭什么呢？

莉莉说，既然这样，我就先回去了。

江术说，那不行，你回去了，待会儿我哥们不是要独守空房了。

谢文说，扔个硬币吧，正面进去，背面换一家。

江术说，也好，比较公平。

谢文从口袋里拿出一块硬币，抛向空中，然后用双手拍住，展开掌面，结果是背面。

江术自我解嘲道，那就换一家吧。

他们又往前面走去，寻找新的酒家。

走出去一段路，江术的手机又响起来，他把折板打开，听到了阿果的哭诉声。阿果说,就在刚才,方小方从十六楼跳下去了。

江术愣住了,泪水一下涌出了眼眶,他把手机交给了谢文。十几秒后,两个男人在马路中间旁若无人地哭了起来。

而莉莉不知所措地站在他们身边,脸上挂着狐疑的表情。

写于1999年11月8日

刹那记

1

张雷和蓝帕尔是劳动局第三技校的学生，他们是一对好朋友。除此之外，他们还住在同一个居委会的同一幢楼。张家在五楼，蓝家在三楼，两家大人是麻将牌友。因为同学加邻居的缘故，张雷和蓝帕尔形影不离。早上一起上学，下午放课一起回家。有时也一起赖学，或者一起逃夜。

劳三技校的学生以工人子弟居多，张雷和蓝帕尔也不例外。他们的父母都在工厂翻三班，是最基层的劳动人民。张雷的父亲好像是车间的副工段长，但那和普通工人没什么大的区别。

相比学校里几个臭名昭著的皮大王，张雷和蓝帕尔在老师的印象中还算比较有分寸。他们好像很少和其他同学往来，用老师的话形容就是"闷皮"。这是南方俚语，译成大白话就是"偷偷地玩"的意思。

张雷是个纯粹的中国名字，蓝帕尔听上去有点像外国人，实际上翻百家姓可以找到"蓝"这个姓。此姓的名人也不少，像演员蓝天野、作家蓝翔、艺人蓝为洁等等。之所以这个名字听起来洋化，主要原因在"帕尔"上。"帕尔"其实是 π 的谐音，为什么取这个名字，因为蓝帕尔出生在 3 月

14日,这个数字正好与圆周率的开首吻合。

蓝帕尔在学校里有一个女朋友,这种早恋现象在劳三技校司空见惯。但学校里存在比较严重的阳盛阴衰现象,所以并不是每个男生都能分配到一个女友。很多人就到校外去找,去的最多的地方是离学校不远的工人文化宫溜冰场,张雷的女朋友李珠珠就是在那儿认识的。

李珠珠比蓝帕尔的女朋友王茜漂亮得多,但这仅仅是从脸蛋上说,如果比较身段,李珠珠就会失掉不少分,而王茜可以用修长的线条弥补相貌的不足。她们的缺点被彼此的男友用来互相挖苦,优点也同时被当做反击的本钱。

李珠珠是卫校学生,比张雷小一岁,他们认识那年,她才芳龄十五。她和张雷的关系维系了不到三个月,就被她家长发现了。她母亲指着张雷破口大骂,拉着女儿像躲瘟疫一样跑掉。张雷后来去找过李珠珠,李珠珠装作不认识他,与他擦肩而过,跳上了公共汽车。

眼明手快的张雷一把抓住了李珠珠的搭档秦小红,情急之中还拉断了秦小红的包背带,他被自己的这个动作吓了一跳。

秦小红在车站上看着张雷,她是个漂亮姑娘,皮肤像婴儿细嫩,嘴巴微张的样子让人怜爱。张雷一下子就看呆了。过去秦小红也和他们一起玩,但与李珠珠的恋爱掩饰了秦小红的魅力,这是常有的情况。也正因为以往的忽视,秦小红的美此刻有了更强的震撼力,这也是常有的情况。本来张雷拉住秦小红并不是深思熟虑的举动,不过是被李珠珠拒绝后一种情绪的反弹。一般的解释是，因为不甘心，他需要向秦小红询问一下李珠珠的想法，虽然秦小红肯定不会向他透露真实情况。心理学家可以把张雷的出手归纳为下意识，对此秦小红也可以理解，她是一个善解人意的姑娘，她知道张雷不过是把自己当作了止疼片。如果她安慰他一下，哪怕是扯一个谎，便可以缓解甚至消除张雷的烦恼。她本来可以说，李珠珠还是喜欢你的，不过她爸妈现在把她管死了，她没有办法理睬你。这样的解释肯定让张雷满意，自尊心也顷刻被修复。

可秦小红没机会说这样的话，因为张雷根本就没问她，李珠珠为什么不理我？

张雷的目光传递出另一种信息，秦小红马上读懂了他直愣愣眼神里的内容。

对不起，我弄坏了你的包。张雷对秦小红说。

秦小红脸红了，她被张雷的直视弄得有点紧张。

我赔你的包。张雷说。

不必了。秦小红把情绪调整过来，没好气地拒绝了张雷的道歉，朝刚停下的一辆公共汽车走去。

张雷在车站的这一幕完整地映入了蓝帕尔眼中，张雷凑到秦小红跟前去的时候，他在冷饮店里买棒冰。他一边掏钱，一边回过头来看好戏，等他嚼着棒冰走过来，秦小红已上了公共汽车。他将另一支棒冰递给张雷，张雷才回过神来，自言自语道，没想到，他妈的秦小红这么好看。

张雷转移了目标，开始到商职学校门口去等秦小红。结果他发现,秦小红早有男朋友了。是个梳奶油大背头的英俊小生,一身港式打扮,骑一辆摩托车在树下吸烟。秦小红一出校门就跑过去,坐上摩托车后座,在轰鸣声中被带走了。

张雷总共去过商职学校两次,看着那个大背头和秦小红亲密的样子,只好伤感而犹豫地离开。

这件事他是一个人去的,没按惯例叫上蓝帕尔。这说明从一开始他就觉得把握不大,担心求爱不成被蓝帕尔嘲笑。随着对秦小红希望的破灭,加紧找一个女朋友成了张雷的头等大事。

转眼夏天到了,张雷依然没找到女朋友。这一天他和蓝帕尔来到溜冰场,意外看见了秦小红,秦小红也看见了他,似有若无地笑了一下,把头掉过去了。

蓝帕尔朝张雷使了个眼色,张雷就运动脚下四个小铁轮,朝秦小红那边滑过去。他准确地控制住溜冰鞋,出其不意地站在秦小红面前。

秦小红,你愿意成为我女朋友么?

秦小红看着眼前这个穿火红T恤的不速之客,表情十分冷静,似乎张雷的求爱与她并无关系。她目光朝左边移,张雷看见李珠珠像一只白鹤一样宁静地滑翔过来。

李珠珠连看都没看张雷一眼,握住秦小红的手臂,像护花使者一样把同伴拉走了。小铁轮与地坪撕咬出的尖锐之声使张雷耳朵发疼,他脚下移动,一直跟到换鞋处,看见秦小红和李珠珠开始脱溜冰鞋,准备离开。

张雷不知为什么恼怒起来，他蹲下身利落地解鞋带。在短暂的回眸中，他看到蓝帕尔正在过来，他用的是倒溜法，速度极快，姿势优美，不愧是高手。

五分钟后，在人流稠密的闹市口，行人中响起了异口同声的惊叫声。这时，李珠珠和秦小红已走到了马路对面。她们的步伐不紧不慢，一直没回头。她们想到背后有人在追上来，脚步有点仓促，一个箭步钻进前面的女厕里去了。

这个女厕有两个门，前门在街上，后门通向一个开放式公园。两个姑娘很快出现在公园草坪上，飞快地奔跑。她们以为这个秘密张雷他们也知道，所以用最快的速度躲到了假山后边，探出眼睛朝男厕的出口处张望。

七八分钟过去了，没有看见跟踪者，警报解除。她们嘻嘻哈哈地从假山后边走出来，在公园里闲逛了一会儿，然后循原路回到大街上。

大街上并无异样，过客匆匆，车辆也川流不息，两个姑娘在冷饮摊前买了棒冰，一边嚼一边朝前走。她们没注意到马路上那摊尚未冲洗干净的血渍，和议论成三五一扎的路人。

2

很多年过去了，蓝帕尔开了一家兼卖《晚报》和《电视周报》的小店。他退休的母亲在一边帮他打理货柜，翻三班的父亲抽空帮他踩三轮车进货。他泡着一壶茶，把头搁在玻璃柜上，看着对面饭店门口的两个女服务员。他把瘦的那个称作秋香，把胖的那个称作秋臭。为打发无聊，他一两天换一本武打书。马路斜角有一个破破烂烂的借书铺。每天上午，蓝帕尔的小店一开门，借书铺的秃顶老头就来买包烟，顺便换走看完的武打书。

张雷二十八岁那年跟秦小红结了婚，这使他的梦想成真。婚礼那天秦小红的女傧相是李珠珠。化妆后的秦小红更加漂亮了，成为整个仪式的焦点。蓝帕尔也参加了婚礼，被安排在主桌。敬烟酒的时候，新郎新娘来到蓝帕尔跟前。他微笑地欠欠身，让秦小红将手中的烟点燃，随后举起酒杯，对张雷说，恭喜你了。

张雷说，今天我忙不过来，怠慢了，你多吃点。

蓝帕尔端起酒杯一仰脖，事先他已喝了不少，眼睛有点迷离，最后他成为那天晚上唯一一个烂醉如泥的人，被抬出了宴会大厅。当然，人们没忘记把他身边的那支单拐一同带走。

张雷的新房就在父母卧室隔壁，这本来是一套两室一厅的房子。三口之家还凑合，变成两对夫妻同住就不像样了。但张雷小两口得在这里住下去，如果生活没有很大的变化，可能会一直住到老死。张雷现在是机械厂的电工，秦小红商职学校毕业后在商店当营业员。他们所在的单位效益都不太好，分配住房是天方夜谭的事。令他们苦恼的是，他们做爱的时候经常会有口琴声飘上来，孤独的吹琴人是蓝帕尔。

秦小红有一天对丈夫说，我们应该为小蓝找个伴。

张雷说，我早就这么想了，可他现在这种情况，是有难度的。

秦小红说，我们要做个有心人。

张雷说，我觉得对不起小蓝，而且有一种不好的感觉，好像我老婆是用他的腿换来的。

秦小红说，你千万别这么想，小蓝是你的救命恩人，但跟你的婚姻没有关系。

张雷叹了口气说，命都是他救的，何况别的东西呢。

秦小红说，你的负疚感影响到我了。

张雷说，小蓝在我面前从没流露出怨恨，可他心里多苦呀，你看我们结婚那天他烂醉如泥的样子。

秦小红说，那只是场意外，如果是你，也会那样做。

张雷说，但失去左腿的不是我，是小蓝。算了，早点睡吧。

他们就躺下来，眼睛依然睁开，窗外的口琴声慢慢在空气里飘荡，把他们送入睡乡。

这一年秋天，张小雷诞生了。是个皮肤白净的男孩，这一点无疑遗传了他母亲，而他的大嗓门则继承了他父亲。这个爱做鬼脸的男孩，似乎与住在楼下的蓝帕尔特别投缘，蓝帕尔一抱他，他就立刻安分下来，笑眯眯地看着蓝帕尔。

蓝帕尔的小店生意不错，经过若干年经营，有了一批回头客。对面饭店的秋香和秋臭也经常穿过马路来买东西。蓝帕尔和她们已经相当熟了。两个乡下姑娘买得最多的是香瓜子，五毛钱一包，回到饭店门口，一人一把嗑上半天。她们嗑瓜子，蓝帕尔看他的武打书。看累了，就把头搁在玻璃柜面上，看马路对面的秋香和秋臭。

这一天，秋香秋臭又穿过马路到小店来。蓝帕尔第一次抱张小雷到小店来玩。两个乡下姑娘买好香瓜子没立刻离去。秋香问，谁的小孩？

蓝帕尔说，我儿子。

两个姑娘都笑了。

蓝帕尔也露出了笑容，你们在笑我吹牛吧，没错，我是在吹牛。

秋香鼻子一哼，养个儿子有什么难的。

扔下这句没头没脑的话，就和秋臭一起走了。

过了一会儿，张小雷的奶奶把孙子抱回去了，顺便零拷了酱油，和蓝帕尔妈妈闲聊了几分钟家常。临走前，像记起了什么，对蓝帕尔说，张雷早上出门的时候让我带个信，晚上他们两口子找你有事。

蓝帕尔说，我知道了，晚上去找他们。

吃过晚饭，蓝帕尔拄着单拐上楼来了。张雷夫妇已用过餐，回到自己的房间看新闻联播，蓝帕尔进屋坐在沙发上，秦小红去外间泡茶，张雷说，小店最近生意怎么样？

蓝帕尔说，还行吧，生意越来越难做，反正我是小买卖，不靠它发大财。

张雷说，听我妈说，小毛头今天到你店里去玩了，不影响你做生意吧。

蓝帕尔说，小毛头很好玩的，刚好陪我解解闷。

秦小红端着茶杯进来，在茶几边坐下，对蓝帕尔说，喝茶，今天晚上有麻将牌局么？

蓝帕尔说，最近手气不好，一直没玩。

秦小红露出惊喜的神情，手气不好，说明你要交桃花运了，不是说赌场失意情场得意么。

张雷说，小蓝，今天请你来是想和你商量件事，你也三十岁了，还一个人过，整天看武打书，要不就是麻将，总不是个办法。你的终身大事小秦一直放在心上，他们店里新来个姑娘，她觉得挺合适你的，安排个时间认识一下？

蓝帕尔脸一红，哦这样啊？

秦小红说，我把你的情况跟白玫说了，对了那姑娘叫白玫，白色的白，玫瑰的玫，她同意找个时间和你见一下，就看你的了。

蓝帕尔说，你把我的腿也跟她说了？

秦小红说，说了，没必要隐瞒对吧。

蓝帕尔说，她还同意和我见面？

秦小红说，我夸你老实能干，她就同意了，白玫是个善良的姑娘，你会喜欢她的。

张雷说，抽空见一下吧，也许真的有缘分呢。

蓝帕尔说，那就就近找个地方吧，我小店对面那个饭店楼上有包房，你们定好时间就在那儿碰头吧。

3

一个起风的傍晚,因为天凉的缘故,秋香和秋臭没在门口出现,躲到门的里侧去了。

秋香说,瘸老板很少到我们店里来,今天却订了个包房,真难得。

秋臭说,我猜可能是过生日。

秋香说,有可能的。

秋臭说,前些天他不是说自己快三十岁了么。

秋香说,我想起来,他是说过。那么,今天是他三十岁生日?

秋臭说,经理过来了。

秋香把头一回,胖墩墩的饭店经理一边剔牙一边走过来,王英,你到楼上左包房去,客人让你去端菜。

秋香说,我?

饭店经理说,对,对面的瘸老板点名让你去。

秋香愣了一下,他点名让我去端菜?

饭店经理说,总不会点名让你去吃饭吧。

秋香跑去厨房,端着一道菜上楼了。推开左边的包房,里面坐着四个人,两男两女,其中的张雷夫妇她似曾相识,因为在蓝帕尔的小店里见过。坐在蓝帕尔对面的是个陌生的瘦女人,面孔还算清秀。这样的情景使秋香马上领悟了,她有点发窘地将菜放在桌上,准备去厨房端下一道菜。

蓝帕尔把她唤住,秋香,坐下来一起吃饭吧。

秋香脸一下子红到了耳根,她没一点思想准备,待在那儿不知所措。

张雷夫妇和那个瘦女人也成了木塑泥雕,被蓝帕尔的言语弄懵了。

蓝帕尔重复一遍,秋香,坐下来一起吃饭。

秋香没坐下来,一扭身跑出去了。

蓝帕尔用手去摸单拐,吃力地把人撑起来,秋香不吃,我也不吃了,我先走了。

说完,头也不回离开了包房,把坐着的三个人晾在那里。

蓝帕尔在厨房门口找到秋香,说,你这个女人,怎么这样不上台面。

秋香说,你又不是诚心请我吃饭。

蓝帕尔说,今天是我生日,我请你吃碗面吧。

秋香说,在哪儿?

蓝帕尔说,就在这儿,一人来碗鱼丝面。

他们就在大堂找个位子坐下,一人面前放了一碗鱼丝面。蓝帕尔闷头狠吃。秋香奇怪地看着他,用筷子挑出一缕面往嘴里送,刚送到舌尖,张雷夫妇和那个瘦女人从二楼下来了。

她的手停住了,嘴巴张成圆圈,心虚地朝楼梯张望。张雷夫妇在距离她不远的位置迟疑了一下,似乎想和蓝帕尔说话,最后还是一声不响推门离开了。瘦女人把头压得很低,跛足而行。

秋香把头转过来,看见蓝帕尔的眼光里有东西在闪烁。他已把面吃完,汤也一股脑儿喝下去,直起腰,抓住单拐,秋香,你跟我到店里来,我给你看一样东西。

这边,张雷夫妇把丧魂落魄的白玫送上公共汽车,然后循原路往回走。秦小红说,没想到蓝帕尔是这样一个人,弄得我焦头烂额。

张雷说,你事先没跟我说白玫是瘸子,否则我绝不会同意这次相亲。

秦小红说,他蓝帕尔是个断脚,找个瘸子怎么了,人家白玫哪点配不上他。

张雷说,可蓝帕尔的脚是为我丢的,你怎么转不过弯呢?不行,我得去找他一次。

秦小红说,要去你去,我不去。

张雷说,一起去吧,别让我失去一个好朋友。

秦小红看着丈夫,他眼泪都快流下来了。

秋香跟着蓝帕尔来到马路对面,她不知道蓝帕尔要给她看什么。小店已经打烊了,蓝帕尔领着她从边门进去,从货框的底架拉出一个长方形铁皮箱子,把锁打开,秋香的眼光向里面张望,看见一根干枯的骨头。

蓝帕尔说,这是我的左腿。

因为害怕，秋香的脸变得煞白，你让我看这个干什么？

蓝帕尔说，你做我老婆吧。

秋香说，你疯了。

蓝帕尔说，你上次不是说要嫁给我么。

秋香说，我说着玩的，我和别的男人也这样说。

蓝帕尔说，你反悔了。

秋香说，我不是这意思，我是个乡下女人，我还……你会要我？

蓝帕尔说，可你身体健康，能给我生儿子。

秋香说，你不嫌弃我？

蓝帕尔说，我要娶一个四肢健全的女人，一个漂亮女人。秋香，你很漂亮。

秋香说，你在取笑我吧。

蓝帕尔说，今晚到我家过夜吧。

秋香说，算什么呢？

蓝帕尔说，不算什么，在没嫁给我之前，我还是会付钱给你的，一分也不会少。

蓝帕尔把那只铁皮箱子放回原处，开门准备回家。门外站着两个人，是躲避不及的张雷夫妇。

张雷说，我们刚送走白玫，看你这边灯还亮着，过来看看。

蓝帕尔说，今天我很失态，但还是要感谢你们，你们让我了解了自己的处境。秋香，我们回家吧。

4

张雷和蓝帕尔曾是劳动局第三技校的学生,他们是一对好朋友。除此之外,他们还住在同一个居委会的同一幢楼。

在他们读技校二年级的那年夏天,发生了一起车祸。事件起因是他们横穿马路去追两个漂亮女生,张雷在前,蓝帕尔在后,由于注意力集中在女生身上,张雷差点被一辆汽车撞倒,蓝帕尔急忙去拉他,被反方向的另一辆汽车撞翻在地。

蓝帕尔醒来后曾让张雷做过一件事:从手术室偷回被锯下的左腿。张雷按蓝帕尔的要求把偷来的腿藏好,等蓝帕尔出院后交给了他。

这是一条撞烂的下肢,后来肉消失了,变成了一根干枯的骨头。

我是从一个叫秋香的暗娼那里知道这件事的,秋香说她差点嫁给那个失去左腿的男人,但在最后关头她反悔了。

我问她为什么放弃这个从良的机会。

秋香笑着摇摇头,把头放在我的腿上,你知道他为什么叫帕尔么?因为那是 π 的谐音,我读书的时候是数学课代表,现在我还能背出圆周率呢,不信我现在背给你听,3.1415926……

写于1998年6月11日

高跟鞋

在整个事件发生的过程中，老鲁自始至终带着醉意。他本不是那种能同杜康亲近的人，但今天确实喝了不少酒。这是有前提的，像老鲁这样平时很少喝酒的人，只有在两类情绪下才会把自己灌得迷迷糊糊：快乐或者哀伤。

现在，老鲁的神态告诉我们，他正遭受着某种煎熬，心里很不痛快。他喝酒的速度很快，一杯连着一杯，好像有什么人暗中要跟他抢似的。其实屋里只有他一个人，谁也不会夺他碗里的酒喝。喝着喝着，老鲁开始哭起来了。老鲁很多年没哭过了，上回哭，是因为他妻子被车子撞死了。眼睛一眨，他鳏居已有四年。孤独使他的头发变白，也使他成为一个沉默寡语的人。上班下班，两点一线，唯一的爱好是养几只虎皮画眉。清晨在街心花园嬉鸟是他每天必须要做的事情，兴致好的时候他还会清吟两段邵派沪剧。他的唱腔谈不上字正腔圆，但和他一块儿嬉鸟的邻居们并不理会，依然会喝上几声彩。

此刻，老鲁的哭泣声从餐桌旁扩散开来，把屋子的每个空间塞满，他哭得非常伤心，以至于不能控制脸部肌肉的变形。他泪流满面的样子很不好看，嘴角咧得非常夸张，和受委屈的小孩没什么区别。

醉眼蒙眬的老鲁大约在5点钟出了门,边哭边饮使他用掉了整整一个下午。他的泪水似乎一下子消耗光了,在环形大街上被风一吹,觉得眼眶里充满了又干又涩的沙子。他情不自禁地把眼睛眯缝起来,这个五十出头的棉纺厂里的老机修工穿着一件米黄色的卡其布夹克,深秋的城市,行人总是匆匆忙忙。在这样的场景中,老鲁是个特例。他的行走显得特别慢条斯理,仿佛并不知道要往哪个地方去,他只是把略微踉跄的脚步控制得稳定一些,使自己不至于摔倒。

机修工老鲁在新村外围的环形大街上遇到了熟人徐甲,他从前是卫秀珍的追求者。卫秀珍就是老鲁死去的妻子。这对昔日的情敌原本在同一家工厂上班,当年为了争夺共同的意中人曾翻过脸,徐甲在恋爱失败后调到了本系统的另一家棉纺厂。这以后,很多年过去了,他们见面的次数不多,但毕竟住在同一个大的社区,街头偶遇的现象难保不会发生。慢慢地他们不再像年轻时那样冷眼相待了,相逢一笑泯恩仇,使他们能够像老朋友般聊上一小段。特别是卫秀珍车祸遇难后,他们之间的障碍就彻底不存在了。人已逝,一切化作了烟云。他们只能感慨人生是一场梦,往昔的争风吃醋恍如发生在别人身上的事情,与他们一点关系也没了。

若不是徐甲老远叫住老鲁,老鲁肯定会赶快找个角落加以规避。他不愿让徐甲看见自己红肿的眼圈。可来不及了,徐甲中气十足的声音已经传了过来。老鲁只好强打笑脸迎上去。这是卫秀珍死后他们第五次或第六次邂逅,一辆计程车从他们身边驶过,他们朝人行道里侧挪挪,找个半明半暗的房檐下站定,开始攀谈。徐甲显然注意到了老鲁面部的悲伤,不过他没朝老鲁的眼睛上多看,而是把目光移开,说,有一段没见了,听说你们家上回中了一个房屋奖。老鲁苦笑道,有这么件事,奖券是鲁茹买的,中了两室户。徐甲露出羡慕的神色,说,运气真好,不得了,一套两室户,值二十万吧。老鲁说,差不多吧。徐甲说,我得干二十年呢。老鲁说,塞翁失马,焉知祸福。徐甲说,你这话就有点矫情了。老鲁鼻子一酸,差点又想哭,徐甲见他的样子不对,识相地把话题岔开了。我要去找我儿子,他出来修摩托车,家里来了一个同学找他,打他拷机不回,我出来看看。老鲁说,前面有几家摩托车铺,你可以上那儿看看。徐甲说那我先过去了,回头再聊吧。老鲁木知木觉地嗳了一声,两个人便朝着不同的方向走开了。

老鲁继续在环形大街上溜达,早上派出所打来电话时,他还在乐滋滋地嬉鸟。公用电话间负责传呼的王志成一路小跑,到街心花园来叫他。他半开玩笑半当真地问,我哪有什么电话?你别在寻我开心吧。王志成把嘴凑到他耳朵边,说,真是你电话,是派出所一个姓马的打来的。老鲁跟在王志成后面嘀咕,我不认识派出所什么姓马的。王志成笑着说,你昨天晚上一定去找那个发廊里的女人了,看,警察找上门了吧。老鲁手里提着鸟笼,朝王志成看了一眼,说,你这家伙别老是说这种话，什么东西一到你嘴里就荤了。王志成赔着笑脸说，我这人你还不知道，也就是说说，真让我干那种偷鸡摸狗的事就使不上劲了。老鲁说，我看你也就是个有贼心没贼胆的坯子。王志成回击道，你还不是一样嘛。

老鲁在公用电话间的长条木凳上坐下，给那个姓马的拨回电。电话通了，那边的一个男声问，你是鲁茹的父亲么？老鲁说，是的，请问你是哪里？话筒里的声音很生硬，我姓马，河畔派出所的，你马上来一趟，你女儿在我们这里。

老鲁把话筒搁在叉簧上，一下子像换了一个人。王志成问，出什么事了？老鲁吞吞吐吐欲言又止，能出什么事呢？跨出门槛心急火燎朝北面走，王志成在背后喊道，老鲁，电话费你还没给呢。老鲁头也没回扔下一句，回头再给你。已经走出去十几米远了。

换了两辆公交车，老鲁找到了河畔派出所。几分钟后他见到了马警察，一个严肃的年轻人。老鲁被带到一间小房间里，马警察在他对面坐了下来，让他也坐下。老鲁焦急地问，我女儿怎么了？马警察说，怎么说呢，她犯错误了。老鲁说，她犯什么错误要被关起来？马警察说，你平时和你女儿住一块儿么？老鲁说，我们一直住一块儿的，可前段时间买彩券中了房屋奖她就搬出去住了。马警察说，你怎么能让她一个人住呢？老鲁说，她整天盯着要闹自立，我只好答应她了。马警察说，一个女孩子一个人住什么情况都会发生，这一点你想过？老鲁说，我女儿是个教书的老师，从小就比较老实，她不会学坏的。马警察说，可她现在就学坏了。老鲁说，你快告诉我，她犯了什么事？马警察说，你女儿干的是女孩子最不该干的事，你明白了吧。

老鲁眼泪一下子流出来了。马警察说，你女儿中奖的那套房子是不是在地铁终点站那儿？老鲁点了点头。马警察说，我们就是在那儿抓住她的，她经常深更半夜把陌生男人带回家，我们注意她有一段时间了。老鲁说，你别说了，我明白了，我女儿是个女流氓。

马警察说，你要去见见她么？

老鲁说，我要是去见她，不就等于承认自己是女流氓的父亲了嘛。

马警察说，不管怎么说，她是你女儿，还得麻烦你把她的生活用品送来。对了，还有棉被，天就要凉了。

老鲁说，从今以后她死活我都不管了，我真是太不要脸了，养了这么一个东西。

从派出所出来，老鲁不知道怎样回的家。经过公用电话间的时候，王志成看见了他，叫道，喂，老鲁，电话费呢？我把你鸟笼给没收啦。

老鲁像没听见一样头也不回就走过去了。

可怜的老机修工把自己关在房间里，一口一口喝酒。他是一个不胜酒力的人，除了逢年过节，平常他很少会想到这种令人迷醉的液体。但此刻，他喝得很多。很快，两眼就产生了叠影。他哭了起来，哭泣似乎使他清醒了一点。他喝一阵哭一阵，哭一阵喝一阵。一直到黄昏，他来到了环形大街上。

和徐甲分手后，老鲁漫无目的地行走在秋天昏沉的暮色中。鲁茹的事让他的心完全碎了，但我们不能据此认为老鲁是一个感情脆弱的人，这件事如果摊在别人身上，也一定难以承受。

老鲁的漫游还没结束，他脚下的路似乎没完没了。其实他已差不多绕着环形大街走了一圈，重新回到了离家不远的地方。这时候周遭起了一点变化，很多沿街店铺都关上了门，四处更加安静下来，真正的夜晚在不知不觉中降临了。

老鲁在马路边坐下来，把屁股放在绿化带的水泥围圈上，背靠一只废弃的变电器。他又看见了徐甲，徐甲也看见了他。他俩表情都有些意外，与一个多小时前比较，徐甲的头发剪短了。他从马路对面走过来，在老鲁跟前站定，你还没回去？老鲁说，找到你儿子了没有？徐甲说，我在前面一家摩托车行打听，说他已修好了摩托车，但这小子人不知跑到哪儿去了。老鲁说，可能已经回去了吧。徐甲说，也许吧，顺便我剃了一下头，干净一点。老鲁说，5块钱？徐甲说，5块钱。老鲁说，剃得挺精神的。徐甲说，那我先走了。老鲁说，我再坐一会儿。徐甲的脚步开始挪动，一边离开一边说，那行，回头再见。

回头再见。老鲁把头掉过去，徐甲略有点驼背的身影慢慢消失在夜色里，老鲁站了起来，朝马路对面走过去。

这是一家简易排房里的发廊。因为离住所不远，外加价格便宜，老鲁经常来这里理发。他推开门进屋时，老板娘李凤霞正坐在沙发上对着一块小镜子描唇膏。看见他，李凤霞的手停顿了一下，笑着问，鲁师傅，来剃头？老鲁站在门口没动，朝李凤霞说，你出来一下。李凤霞把唇膏朝台子上一放，跟着老鲁来到人行道旁，问道，什么事神秘兮兮的？老鲁看见李凤霞的女儿从门缝里探出来，压低了声调说，我准备给你买双高跟鞋。李凤霞吃惊地看着老鲁，突然笑了起来，她笑得很开心，也很放肆。老鲁狼狈不堪地看着这个不再年轻的女人，表情被弄得有些紧张。

李凤霞止住了笑，对老鲁说，你等着，我抹完口红就来。老鲁等了少顷，李凤霞喜气洋洋地出现在他面前，说，走吧。

老鲁说，这么晚了还有地方卖高跟鞋么？

李凤霞说，我知道一个地方有，离这儿不远。

老鲁就跟在李凤霞身后，走了大概有一刻钟。老鲁几次想问李凤霞为什么爱让男人给她买高跟鞋。但一路上李凤霞嘴里絮叨个没完，他一直插不上话。终于来到李凤霞说的那家鞋店，李凤霞挑了一双价值150元钱的红色小牛皮高跟鞋。鞋店主是个三十多岁的男人，戴着一副玳瑁眼镜。老鲁掏钱付鞋款的时候，感觉店主朝自己打量了一下。老鲁装得浑然不觉，清了清喉咙，率先出了鞋店。门外站着的一个七八岁的小姑娘吓了他一跳。李凤霞提着鞋子尾随出来，小姑娘一看见她扭头就跑，李凤霞骂了起来，小杂种，你给我站住，看我不打断你的腿。

老鲁说，怎么对你女儿这么凶？她还是个小孩。

李凤霞说，我一点也不喜欢她。

老鲁说，那你也不能骂她是小杂种呀。

李凤霞说，我没骂她，我真不知道她是谁的种。

老鲁说，既然不喜欢，为什么还生下来呢？

李凤霞把脚步停下来，恼恨地对老鲁说，那时候连打胎的钱也没有。

老鲁愣了一下，把嘴巴张成半开。刚想说话，却被灌了一口风，他打了一个冷嗝。

他们继续往回走，老鲁的冷嗝停不下来了。他开始掐虎口，这种民间用来止嗝的土办法对老鲁似乎无效。老鲁把虎口都掐疼了，膈膜处的痉挛还是停不下来。他喉头跳动的频率越来越快，李凤霞在一旁幸灾乐祸地笑着。

来到一幢新公房前，这幢楼的位置距离李凤霞的发廊不远。老鲁在上楼的一刻步伐有点迟疑，可他仅仅是有了点迟疑。这是正常的反应。他稍微有那么点忐忑，尚不至于不敢踏上楼梯。他跟着李凤霞走到六楼，没有电灯的过道使他只能探索而上。李凤霞的脚步声均匀轻快，相形之下，他就有点类似于盲人摸象。走到五楼的时候，李凤霞已经把房门打开，室内照出的灯光使他如同走出了隧道尽头。他再次迟疑了一下，短暂的驻足后走进了房间，随手把门关了起来。

老鲁的冷嗝像鸽子一样在喉部跃动，他已放弃了掐虎口的偏方。这种讨厌的生理反应弄得他既烦躁又尴尬,李凤霞站在他面前,不知何时已换上了那双红色高跟鞋。她倚在门框上,比方才修长了一点,当然这是鞋后跟起的作用。

除了老鲁现在站着的外间,这套住房还有两个单间。靠右的那间门关着,老鲁听到里面有人说话的声音,他紧张地朝李凤霞看了看。李凤霞已经把屁股转了过去,老鲁心一横把李凤霞拦腰抱住了。他当机修工的手臂十分有力,使臂腕里的女人一下子脱离了地面,没戒备的李凤霞喔唷一声,咯咯咯笑了起来。

李凤霞说,你把我放下来,我们慢慢来。老鲁就把李凤霞放下来,两个人并排坐在房间中央的床上。

老鲁说,我还是有,有一点不明白,你那么讨,讨厌你女儿,为什么不把她送,送人呢?

李凤霞说,我是这么考虑的,我马上要四十岁,再过十来年,就真的老了,那时小杂种也长大了,我得靠她养我。

老鲁说,你这样对待她,她长大后会,会养你么?

李凤霞说,你觉得她不会养我?

老鲁说,我不知道,看你的运,运气吧。

李凤霞站起身,把房间门关上。门的反面嵌着一块长镜子,李凤霞看着玻璃中映照出来的红色高跟鞋,问老鲁,好看么?

老鲁说,隔壁是谁?

李凤霞说,我在问你这双鞋好看么?

老鲁说,再好看也只是一双鞋。

李凤霞不甘心,又问,那穿鞋的人呢?

老鲁说,你是想让我说你好看,你早说不就得了,何必在鞋子上绕弯呢。

李凤霞弓腰把高跟鞋脱下来,朝地上一扔,赤着脚来到老鲁跟前,你的嗝怎么好了?

老鲁说,隔壁是谁?

李凤霞说,一男一女。

老鲁说,说老实话,你穿那双高跟鞋还真漂亮。

李凤霞在老鲁身边坐下,握住他左手,放在自己膝盖上,我知道你是为安慰我才这样说的。我知道我长得不好看,但你也是一个小老头子了,来吧。

李凤霞手脚麻利地把外衣脱下来,躺到床上去。

老鲁看着身边紊乱的衣物,说,上次剃头时你说送一双高跟鞋,就可以和你睡觉,我没当,当真,现在我才知道不是玩,玩笑。

李凤霞说,你的嗝儿怎么又来了,外面有暖水瓶,你弄点热水喝吧。

老鲁走到外间,给自己倒了一杯热水,然后推开卫生间的门准备撒尿。抽水马桶上坐着一个吸烟的女人,看见他进来,那个女人吐出一个白圈,说,这么快就完事了?

老鲁慌忙退出来,冷嗝更厉害了,对,对不起,我不,不知道你,你在里边。

卫生间里的女人出来了，凑到正在喝水的老鲁耳朵边说，下次你可以来找我，但别买高跟鞋，我收现钱。女人说完就回到靠右的房间里去了。老鲁再次走进卫生间，开始撒尿。这一刻，老鲁产生了深深的悲哀，他感觉到身体背叛了他。卫秀珍死去四年多了，在这段漫长的光阴中，他没有与异性有过肌肤之亲，女人的身体变成了一种令他恐惧的东西。

热水还是没有治好老鲁的冷嗝，他回到左边的房间，在床沿坐下。喉咙仍在滑稽地一跳一跳，他对李凤霞说，你为什么不收现，现钱，而只要一，一双高跟鞋呢？

李凤霞说，发廊有六个姑娘了，交给我的钱已够我花了。我刚到这个城市来的时候，最大的梦想就是买一双高跟鞋，我现在有很多双高跟鞋了。

老鲁说，看样子，我的冷，冷嗝，一时半会儿，好，好不了了，我想回去了。

李凤霞说，想走我不留你，告诉我实话，你是不是感觉到自己不行了。

老鲁说，不，不是的，是我现在改，改主意了。

李凤霞说，那你把那双高跟鞋拿走吧，等你下次想好了再拿来。

老鲁没有取走那双高跟鞋，他离开房间，重新回到过道上，像瞎子摸象一样一格一格下楼梯。此刻，身后有脚步声传来，然后追上来一束笔直的光线，是有人拧亮了手电筒。

一个高大的年轻人,提着摩托头盔快速地奔下。借着白色的光柱,老鲁的速度也加快了一点。他到达底楼的时候,已经戴上头盔的年轻人正在狠踩一辆摩托车的油门,摩托车向蛇一般突然就钻进无边无际的夜色中去了。

写于 1999 年 2 月 17 日

集体婚礼

仪式马上就要开始了，季有城前后看看，侧转脸去张望了一下姜贻琴。他有点新奇，同时又有种抑制不住的荒诞感觉。

姜贻琴也把脸转过来，在与季有城相握着的左手上稍微使了点劲。她含情脉脉地瞧着自己的新郎，用这个细小的动作来表示心中的幸福和紧张。

季有城摸了摸西装口袋的内侧，里面放着小小的锦盒。待会儿，他要从里面取出一枚漂亮的戒指套进姜贻琴纤细的手指，为了这个瞬间，他等待了很久。但想到与他一起做这个动作的新郎将有九十九个之多，不免又有些泄气。原本属于两个情侣的神圣庆典，却变成了那么多对恋人的共同联欢，季有城有种说不出来的滋味。他不明白姜贻琴怎么会喜欢这样的方式：和那么多素昧平生的人共同使用一个地点、一首乐曲，甚至一个证婚人。这算怎么一回事呢？设计操办这次"百对新人集体婚礼"的机构简直是发了疯，而他自己，也在未婚妻千娇百媚的纠缠下昏了头。

不过，季有城是一个比较有涵养的人。虽然从一开始他就打内心里反对这件事，最终仍充分尊重了姜贻琴的选择。

他是这样考虑的,没必要因为婚礼形式上的分歧而与未婚妻闹得不愉快。既然姜贻琴觉得开心,大不了牺牲自己当一回陪练。正因为有了这样的心理基础,季有城没在姜贻琴面前流露出任何不满。当然你也可以认为,季有城的表现只不过说明了男人的虚伪。但同时你也得承认,不是每个男人都愿意这样做,因为虚伪背后,不爽的毕竟是季有城本人。

季有城的目光重新停留在姜贻琴身上,她穿着一件嵌有宽边蕾丝的白色婚纱,看上去十分俏丽动人。在季有城心目中,她是一个标准的东方美人。这是季有城追求她的一个原因,也是经常迁就她的原因。据此你也许又要说,这只不过证明季有城是个没原则的人,他在未婚妻面前的各种妥协是迷恋美色所导致的结果。如果他一味纵容下去,姜贻琴总有一天会爬到他头上去把他踩扁。这一点请不用担心,通常情况下,像季有城这类富有心机的男人在婚后会缓慢而有效地打磨掉妻子身上的骄娇二气,牢固地树立起在整个家庭事务中的权威地位。

现在,让我们来看一下集体婚礼的现场。平心而论,这的确是一个容易让人产生美好回忆的地方。它原本是1949年以前某位著名人物的私人会所。主体建筑是西洋古典式的,一排联体,半拱形的房檐用廊柱连缀起来,宽阔的铺满天然大理石的地面足有两个排球场那么大。尽管如此,一百对新婚夫妇和不少于三十人的礼宾队伍仍使空间显得有些局促,所以来宾以及前来采访拍摄的记者只能聚集在地势稍低的草坪上。他们脚下，品种优良的矮草铺成了松软厚实的地毯。草坪的面积足够开一个两千人的露天派对，但由于人实在太多，如此空旷的地方似乎并不显得很大。在草坪中央，一条红地毯笔直地通向与主楼遥相对应的一座小教堂。红地毯两侧每隔五米左右就有覆盖着乳白色台布的方桌，共有十张，每张上面都摆放着十层的塔式蛋糕。为了渲染喜庆的气氛，草坪边缘的树上用色泽热闹的气球和飘带作了装饰，使整个区域产生出酣畅淋漓的节日效果。

依照既定程序，婚礼将按事先精心布置好的顺序依次进行。在此之前，筹办机构给每对新人打印了一份结婚日程表，叮嘱他们熟稔于心，免得届时手忙脚乱。季有城是个过目不忘的人，他很快就记住了这份菜单：下午一时整，婚礼开始。先由司仪致辞，然后是有关嘉宾讲话，紧接着特邀嘉宾李副市长将代表全市人民向新人们表示祝贺。然后每对新人缓步沿着红地毯走向教堂。由于教堂内部不能容纳这么多对新婚夫妇，所以宣誓和交换戒指的步骤只能在门口完成。做完这些，新人们在飘洒而起的彩纸屑中回到大草坪中央，分成十组围在塔式蛋糕前。新娘们举起预备在方桌上的不锈钢西餐刀，十个人同时去切蛋糕，新郎们则在旁边摇晃起香槟酒，让泡沫将瓶塞冲出来，把活动推向高潮……

这个方案谈不上创意，它无非套用、借鉴了一些好莱坞电影的婚礼镜头，只是把规模扩大了一百倍而已。但从后来的完成度来看，却是成功的，基本上做到了组委会所承诺的几点：欢乐、吉祥、隆重还有社会知名度。而之所以有这样一个圆满的结果，难得的好天气帮了大忙。整个仪式进展中，天空洁净，万里无云，正如当天晚报新闻上所描述的那样："全市人民瞩目的'百对新人集体婚礼'今天举行，婚礼相当成功。原来人们担心天不作美而影响这一筹备已久的露天盛事，但事遂人愿，天也多情，晴好的天气伴随百对新人度过一个可待追忆的美丽日子……"

现在，让我们重新回到婚礼现场。李副市长的贺词讲完以后，新人们开始秩序井然地走向百米以外的小教堂，红地毯上很快就形成了蔚为壮观的情侣长龙。这段画面后来出现在电视里，成为活动中具有经典意味的镜头。的确，我们可以联想一下，一百个轻纱如云的新娘挽着一百个礼服笔挺的新郎，视觉的冲击力将是何其强烈呀。

季有城走在队伍中间，他有点走神，刚才转身的时候，一张似曾相识的面孔刺了他一下。那是个盘着堡式发髻的新娘，他肯定在哪里见到过她。这一刻却想不起来，季有城唯一可以肯定的是，那个女人对于自己是久远的记忆，而且仅有过一面之缘。

季有城不能确定那个盘着堡式发髻的新娘是否也看见了自己，眼下她就走在后面，与他相隔五六对情侣的距离。队伍缓缓朝前移动，在小教堂门前整齐地排成四列。趁着大家调整队形，季有城重新把目光投向那个女人。但他立刻把眼锋避开了，因为对方的目光同样在注视他。四目相对，季有城猛地认出了她,而从女人的眼睛里,他知道自己也被认了出来。

于是季有城面对了一个非常奇怪的处境,他相信她此刻与自己一样是慌乱的。季有城命令自己镇定下来,他的脸禁不住有点发烧。幸好这时证婚人的声音响了起来,姜贻琴的注意力在证婚人身上,没发现他神态里的微妙变化。

交换完结婚戒指,队伍按照既定程序回到草坪,切蛋糕开香槟。由于是十对新人一组,季有城与盘堡式发髻的女人刚巧被分配在了一张方桌前。这个女人和其他新娘一起举起西餐刀的时候,新郎们也开始摇晃起香槟酒。季有城偷眼去看她的新郎,他不是荆一丁。他当然不是荆一丁,如果他是荆一丁,季有城就没有理由脸红了。

荆一丁以吊儿郎当著称。当年在第二师大,人们经常可以看见一个长发男生骑着老爷自行车在校园内疾驶,他就是荆一丁,数学系里的抒情诗人兼学校诗社社长。作为他同班同学,季有城对他那件永远洗不干净的破牛仔衣印象很深。荆一丁似乎很愿意以这副桀骜不驯的形象出现在公众面前,除此之外,他还是个好出风头的人。

但这并不影响季有城与他成为好朋友,虽然从表面上看,两个人的性格完全背道而驰。季有城是个内敛的人,而荆一丁始终是一副张牙舞爪的嘴脸。不过这种反差形成了互补,使他们的友谊一直保持在亲密的水平线上。

吊儿郎当的荆一丁是从外省考过来的学生,每年寒暑假都要北上回家探亲。但有一年暑假他没回去,他从集体宿舍搬出来,在季有城住的地方暂居。那套住房是季有城当小学校长的父亲两年前增配的,离第二师大不是很远。虽然只是一间半独用的房间,但对在校大学生来说,已经很奢侈了。荆一丁搬过来后,在原本局促的房间里搭了张钢丝床,然后就在外面忙着打工挣钱。后来季有城才知道他没回去探亲是因为父母离婚了。虽然这件事早有预兆,荆一丁从感情上还是接受不了,他拒绝了父母的道歉,发誓再不要他们一分钱,要靠自己的能力修完学业,留在这个城市,不准备回去了。

荆一丁打工的单位是一家快餐连锁店,有一天他神秘而快活地对季有城说,他与连锁店一位女职员好上了,她比荆一丁大一岁,人长得蛮清秀蛮有女人味的。过了几天,荆一丁把她带来了。她是个腼腆的姑娘,穿着米黄色连衣裙,长相一般,但确实很清秀。她话不多,晚饭后就一直坐在沙发里翻阅杂志。很晚了,荆一丁把季有城拉到一边,请求他回避两个小时。季有城心领神会地露出了笑容,他朝沙发那儿瞥了一眼,那姑娘把头埋得更低了。为了成人之美,季有城离开了房间,用一场电影把无聊的两个小时打发掉。等他重新回到住处,荆一丁已经把那个姑娘送走了。以后荆一丁没有带她到季有城这边来,荆一丁说,她不好意思再见到你,怕你对她有看法。

季有城说,别是你得手后不要人家了吧。荆一丁笑了笑没吱声，过了一段日子，暑假结束了，季有城的打工生涯也就告了一个段落，那个姑娘则像候鸟一般，在他的生活中停栖了一下又匆匆地飞走了。

若干年后，这只候鸟却又从时间的枝头突然显现了出来。

泡沫芬芳的香槟酒在新郎们剧烈的摇晃下从瓶口喷薄而出。季有城听到周围响起了大片的鼓掌声，他去看方桌上的塔形蛋糕，但出现在他眸子中的却是那个盘堡式发髻的新娘。他不知道她的名字，却是她一段隐私的知情者。他对自己眼下的处境感到茫然，不知该如何去面对她的眼睛。他知道她的纠结程度比自己有过之而无不及。他们都不愿在这样的场合遇见对方，对这两个原本就是陌生的人来说，永远别见面是避免难堪的最好方式。

塔形蛋糕被新娘们象征性地划出一些浅沟，由于蛋糕体形较大，要放入盘中需另外切割。这样一来势必会弄脏婚纱和手，新娘们显然意识到这一点，动作十分文雅，轻轻点到为止。随即不约而同后退一步，与自己的新郎站到一起。

四处的宾客聚集过来，孩子们冲在前锋。他们是来分享蛋糕的，吃完这块蛋糕大家就可以离开了，这是在草坪上的最后一个程序。

但新郎新娘们的仪式尚未结束，还要留下来参加专为他们举办的大型舞会。

舞厅在一幢独立建筑里，风格是巴洛克式的，细部装饰考究而繁琐。走进大厅，人们会情不自禁仰脖向上看，足有五层楼高的圆顶具有某种上升的牵引力。圆顶中央悬挂下来的巨型吊灯，有一种滑稽的美感，它的造型复杂透顶，与现代人的审美已很难吻合了。

大厅左侧放着一架乳白色的大钢琴，一个背影修长的女子在弹奏。鱼贯而入的新人坐下来，有若干情侣直接走进舞池，在钢琴伴奏下跳起了舒缓的慢四步舞。这其中就有季有城和姜贻琴，前者是被后者硬拉进去的。

姜贻琴终于发现季有城有点走神，她轻声取笑他，喂，你在找什么？是不是看到过去的情人了。

季有城愣了一下，很快恢复了常态，也用玩笑的口吻说，对呀，要不要给你引见一下。

姜贻琴不甘示弱地说，等这支曲子跳完，我就去见她，看看你的旧情人怎样美若天仙。

季有城笑着说，但愿不让你失望。

一曲终了，姜贻琴拉着季有城的袖子说，走，带我去看看吧。

季有城只好赔着笑脸说，别闹了，我哪有什么旧情人。

姜贻琴说，不是因为她长得难看，怕被我取笑吧。

季有城说，是是，她是世界上最丑的丑八怪，你是最美的美女，我不敢让你去见她，怕把你吓出病来。

姜贻琴笑了，用手指捅了下季有城的腰。他们找个角落坐了下来。

姜贻琴对季有城说,你看跳舞的都是一对对新郎新娘,好像没有人去邀请陌生人跳。

季有城说,自己的新娘在旁边,怎么好意思去邀请别人的新娘呢?

姜贻琴说,可要老是自己两个人跳,又有什么意思。

季有城说,我估计这个局面很快会打破,只要有一个新郎去邀请别的新娘,气氛就会活跃起来。

季有城的推测在两支舞曲以后得到了印证,当大厅里响起人们熟悉的《交换舞伴》的旋律时,新郎们开始试探性地邀请别的新娘。其中一位走到了姜贻琴面前,这是个戴着金边眼镜的新郎,他谦恭地向姜贻琴欠了欠腰,随即转过脸来问季有城,可以么?

季有城微笑着点点头,金边眼镜将姜贻琴带进了舞池。

季有城在大厅里搜寻着,他看见了她。她就在不太远的地方坐着,她的新郎也找别的新娘跳舞去了。她低着头安静地坐着,季有城来到面前她仿佛并不知道。她慢慢抬起头,仿佛并不吃惊,仿佛知道季有城会来请她跳舞,仿佛做好了准备。

在整个跳舞的过程中,他们一句话也没有说。他们好像从没邂逅过对方,他们与身边那些素昧平生的舞伴没有区别,仅仅是跳了一支舞,目光有时碰撞一下,更多的时候却在眺望远处的某一处景致。她跳得很好,比他跳得要好。舞曲结束了,他将她送回原来的座位,说了声,再见。她似有若无地笑了一下,也说,再见。

　　季有城往回走,金边眼镜已经把姜贻琴送了回来。他迟疑了一下,拐了个弯,走进了洗手间,拧开水龙头,把脸洗了一遍。他满面水珠地看着镜子,他看见了荆一丁。他那件永远洗不干净的破牛仔衣沾满了血污,撞击他的盒饭车停在一旁,那辆老爷自行车彻底毁了,可怜的荆一丁躺在地上。季有城闻讯赶来的时候,他的脸已经变成了一张白纸。

　　季有城有点淡淡的遗憾,刚才跳舞的时候,他应该和她有一些对话,但他却不知道说什么。他离开洗手间,站在远离舞池的位置。钢琴声又响起来了,盛装的新人们翩跹起舞。季有城在人影攒动的舞池中看见了一对沉醉的男女,男的一身牛仔装束,女的穿着米黄色的连衣裙,他们踩着舒缓的节拍,旁若无人地摇曳在幽静的灯光下面。

写于1998年11月12日

金陵客

金陵客在上海只逗留一天,他是一本时尚杂志的广告部经理。白天与沪上一家广告公司签订了地区全面代理合同。他兴致很好,晚上宴请一些老朋友吃饭。我赶到饭店的时候,包房里客人已有不少。但据说还有一位重要的人物尚未登场,我们就一边等一边闲聊。

坐在我旁边的是模特儿秀拉,曾上过那本时尚杂志的封面。她是一个毛孔粗大的姑娘,但五官的布局相当好。我已和她约好晚宴后去咖啡馆继续聊天,当然我的目的不止于聊天。

金陵客的普通话非常地道,不熟悉他的人常以为他是北京人。实际上他是标准的南京梅山人,上海在梅山有一个很大很有名的冶金基地,所以我知道梅山这个地方。

重要的客人最终没来,金陵客说已接到那人的传呼,晚宴结束后让他直接去S宾馆。

我们就结束了等待,金陵客打开一瓶酒,给我们一一斟满。他红光满面,仰脖喝下一杯,但他没让我们跟着一饮而尽。他说你们随意,这一杯是我敬大家的。

酒过三巡,金陵客的传呼机又响起来,那位未谋面的客人再次捎话来,让金陵客改去P宾馆。

据我所知P宾馆和S宾馆在城市的两端，前者是五星级，后者是四星级。

我们继续用餐，金陵客给我们说了此行的巧遇。他是乘坐空调巴士从刚通车不久的沪宁高速公路来沪的。坐在他对座的一个姑娘大约二十六七岁，很像他过去的一个邻居。金陵客说，小时候有一段时间他住在上海外婆家里，就在闸北区的太阳山路。隔壁有一个小姑娘叫张云，眼睛大大的，左腮有一个小酒窝。巴士上的女人让他想起了童年往事，她和张云真是长得很像。后来他看见那个女人冲他笑了笑，露出了左腮上深深的酒窝。他愣住了，他没想到这个女人真的是张云。

张云去年刚回国，她在日本待了六年，回来后在襄阳南路上开了一家婚纱店，最近准备在南京开出一家分店，此次赴宁是去选址。

金陵客说，张云就是今天那位没到场的客人，与她的邂逅完全是这次上海之行的意外收获。说着他把酒杯举起来，来，干一杯，过会儿我要去和张云见面。

大家站起来，感谢金陵客的款待，随后握手道别。

我和模特儿秀拉一起走出来，从大道拐弯走不多远，就是安静悠闲的侨音咖啡馆。这是一个带舞池的咖啡馆，我是这儿的常客。老板黄果是我弟弟的中学同学，今天他恰巧不在。但我遇见了熟人帅孟棋，这个骗子借了我五千块钱已有三年。当初他是用人格作担保从我这里拿走了钱，接下来他就连同他的人格一起不翼而飞了。时隔这么久，他终于又出现在我眼前，身边还有一个如胶似漆的女人。女人的头发长及腰肢，鼻子在他的鬓角蹭来蹭去。帅孟棋的手在女人的腿上优美地弹奏。我暂时没去惊动帅孟棋，把头偏开，找个相背的椅子坐了下来。

秀拉在忽明忽暗的烛光中显得十分漂亮，到底是模特儿，往那儿一坐，气质与众不同。不过模特儿只是一碗青春饭，光阴易逝，找个好男人嫁掉是通常的归宿。我绝对不会和一个模特儿结婚，我想秀拉也清楚这一点。这是我们彼此默契的地方，也是交往的基础。

刚点完饮料，帅孟棋和那个女人一起出现在面前。

我故意露出意外的表情，你上哪儿去了？那么长时间没看到你。

帅孟棋说，刚从日本回来，给你介绍，这是宫泽惠子。我们很快就要结婚了，请你一定参加我们的婚礼。

我看着那个日本女人，她大概四十岁，保养得很好。年轻时一定是典型的东瀛美人。她朝我笑了一下，用生疏的中国话说，你好。

帅孟棋说，这位小姐是模特儿吧。

我说，这位是秀拉，你猜对了。

帅孟棋说，和你在一起的总是漂亮女人，我们先告辞了，回头给你寄请柬。

说完他们就离开了咖啡馆。

秀拉说，你这位朋友长得真帅。

我说，他就姓帅，叫帅孟棋。

秀拉说，如果日本女人年轻十岁，他们就很相配了。

我说，他们现在不相配么？

秀拉说，话说回来，那个日本女人还是很漂亮的，如果我到她那个年龄也能保养得那么好，我就很满足了。

我说，最重要你还得像她一样有钱。

秀拉说，那就得看我的运气了。

我说，我们跳个舞吧。

我们离开椅子，在舞池里跳起了舒缓的慢四，然后又不动声色地变成了贴面舞。我轻声对秀拉说，你要是矮一些就好了。

秀拉说，为什么？

我说，那样我就可以把你抱起来了。

秀拉说，那就让我来抱你吧。

我说，这个说法很有趣。

我和秀拉在低声絮语的时候，金陵客在我传呼机上留言，让我去P宾馆，说他在露天长廊等我。

我征询了秀拉的意见，问她是不是愿意一同前往，她没表示反对。于是我们就离开侨音咖啡馆，招了一辆计程车去P宾馆。

大约十五分钟后，我们见到了金陵客。他和张云在一起。与金陵客说的一样，这个女人的眼睛大而生动，笑起来左腮有个小酒窝。金陵客说他已在旋转餐厅定了座，我们就跟着他走向直通顶层的观光电梯。

凑巧的是，在观光电梯门口，我们又遇见了帅孟棋和宫泽惠子。他们就住在P宾馆，正准备回住处休息。更凑巧的是，张云和帅孟棋也认识。据帅孟棋介绍，在日本时他和张云都住在阪神地区。去年大地震时，他们都曾到中国大陆政府驻日本领事馆寻求帮助。因为背井离乡，上海人在当地有一个类似同乡会的组织，会不定期组织一些活动，后来他们在那样的场合又见过数次。

帅孟棋说这番话的时候，我注意到宫泽惠子在一旁打量着张云，慢慢地，她表情阴沉下来了。

上了电梯，金陵客邀请帅孟棋和宫泽惠子一起聊聊天，被宫泽惠子谢绝了。帅孟棋解释道，宫泽小姐的生活很有规律，她要回房休息了。

他这样一说，我们就没多说什么。

很快旋转餐厅就到了，张云和秀拉坐下来，我去了洗手间，金陵客果然跟了上来。

我问他为什么让我到P宾馆来。

金陵客说，我和张云非常投缘，刚才就差点去开房间了。但你知道这种露水姻缘是有风险的，这使我犹豫不决。

我问他找我的目的是什么。

金陵客说，我是凌晨五点多钟的火车票，距离现在还有六个小时。我通知你来其实是在抽签，如果你来了，我们就玩个通宵，如果你不来，我就准备冒险和她上床。

我问他上床的风险在哪里。

金陵客说，她是从日本回来的，你知道很多中国姑娘在那个国家是靠什么发财的，我担心一夜风流会……

我问他是不是怕染上那种不体面的病。

金陵客说，反正现在你来了，我也没必要再烦恼了，明天一早就回南京，这个故事不会再留下后遗症了。

我问他会不会后悔。

金陵客说，其实我已经开始后悔了，在我改变主意前，我应该提前离开这里。我现在就去火车站，跳上随便哪一列过境车。我走了，真的，我先走了。

金陵客大踏步朝观光电梯走去，为了阻止他这种不负责任的退场，我尾随他上了电梯。但他似乎一瞬间下定了决心，坚决不肯再回到旋转餐厅去。电梯在中途停了几次，后来我们看见帅孟棋神情沮丧地走了进来，他领口有点破损，冲着我们苦笑了一下，到了底层就匆匆告辞而去。我再次挽留金陵客，可他一个劲向我赔礼，不愿再上去了。送走金陵客，我不知该如何向张云解释他的不辞而别。我心里十分恼火，所以我对张云说的话也带有恶作剧的色彩，我把她叫到一边，故作神秘地告诉她，金陵客是一个梅毒患者，他的不辞而别是为了不让你受到伤害。

张云听完后，默默地回到餐桌前，拿起她的羊皮坤包，一言不发地走了。

现在，就剩下我和模特儿秀拉彼此对视，缓慢转动的餐厅把整个夜都市的轮廓展现给我们看。我轻轻地笑了出来，忽然想起了一句古诗。我说，愿作乐中筝，得近佳人纤手指。她没听懂，问，你说什么？我冲她笑了笑，把头转向夜晚的背景。在玻璃的反光中，秀拉的身影映照出来，我把她的手握住，说，还是让我来抱你吧。

　　　　　　　　　　　　　　　写于 1998 年 6 月 4 日

一人分饰两角

1

这是一个叫桑蚕的年轻人,职业是保险推销员。他每天都要走许多路,拜访许多客户,也被许多客户拒绝。在他漫长的拜访中,有一些人被沉淀下来,成为他的主顾。更多的人则被过滤掉,随着他的记忆远去了。

桑蚕对保险这行,有着可怕的认真。这使他从同事中脱颖而出,他卖出的保单比谁都多,也使他付出了一些代价,额头那个伤处就是明证。这个夏天的午后,他被强盗打劫了。两个本城口音的歹徒拦住他,问他是干什么的。他如实说,我是跑街推销保险的。歹徒中的一个便说,太好了,你是卖保险的。另一个歹徒走了上来,用刀顶住他眉心,另一只手伸向他的皮箱,给我。他命令道。桑蚕的手攥得很紧,他感到额头有股尖锐的力量顶进来,他的手慢慢松开了,刀在他皮肤上飞快地划了一下。他觉得好像一块布被割开了,他摸到了血。那个歹徒指了指桑蚕的手腕说,还有这个。他也只好照办了。

两个江湖大盗得逞后跑开了。桑蚕听到他们说,差点连自己的命都丢了,还卖保险给别人。

桑蚕的泪流了下来。他觉得这句话似曾相识。后来他想起来了,他对一个算命瞎子也说过同样的话,你连自己的命运都不能保证,凭什么给别人算命。常羽,我们走吧。

常羽说,天看样子快要下雨了,你就不要送我了。

桑蚕说,说好送你的,怎能因为下雨就改变呢。恰恰相反,为了表明我的诚意,下雨了我更应该送你。

常羽笑着问,你为什么一定要送我呢?不是别有企图吧。我觉得你这个人挺会用点小脑筋的。

桑蚕听常羽这么一说,有些犯傻,站着不动了。

常羽笑着说,我问你,今天的舞会怎么回事。

桑蚕说,你看出什么来了?

常羽说,我觉得好像是个有预谋的舞会。

桑蚕说,你猜对了,这个舞会是我精心为你准备的。请来那么多人,其实都是陪衬,其实我只想见你。

常羽说,果然被我猜中了。

桑蚕说,我和你不熟,所以我需要一个好一点的借口约你出来。

常羽说,所以我说你挺会用小脑筋。

桑蚕说,可如果没这个舞会,让你单独出来喝一杯咖啡,你会赴约么?

常羽说,为什么不呢?

桑蚕说,我怎么相信你说的是真的呢?

常羽说,你现在就可以请我去喝一杯咖啡呀。

桑蚕说,这是因为先有了舞会。

常羽说，这说明你的计划成功了。

桑蚕说，不过我还是冒了一个很大的险。

常羽说，只要我一声拒绝，你就前功尽弃了。

桑蚕苦笑了一下，抬头看着慢慢阴沉下来的天色。要下雨了，我们找个地方坐一会儿吧。

2

桑蚕和常羽走进的那间咖啡馆成了以后他们经常见面的地方，这天晚上，他们又相约坐在了临窗的那个座位前。与前几次不同的是，今天的桑蚕显得精神沮丧，令早到一步的常羽吃惊的是，桑蚕的额头贴着纱布。他走到常羽跟前说，对不起，我迟到了。

出了什么事？常羽问。

让人抢了，算了，破财消灾。桑蚕说。

怎么会这样呢？真吓人。常羽说。

不幸中的大幸，小命没丢。桑蚕说。

你的伤要紧么？一定流了很多血。常羽说。

一点轻伤，可能会留下一条印子吧。桑蚕说。

想喝点什么，咖啡？常羽问。

不，来杯威士忌。桑蚕回答。

烈酒下肚后的桑蚕好像缓过劲来，他告诉常羽，今天发生的事坚定了他离开保险业的决心。他想结束动荡的跑街生涯，开一个书店什么的让自己安定下来。

看着常羽在注视自己，桑蚕又补充道，其实那两个强盗说的没错，只要我继续干下去，今天的遭遇难保不再发生第二次。卖了这么些年保单，我真的累了，我们一起合伙开家书店吧。

毫无疑问，桑蚕的这个决定对常羽来说很突兀，特别是他发出的邀请，更是让她没法回答。看着桑蚕期待的目光，常羽绕开了话题，你怎么说不干就不干了，我们认识还是因为保险呢，你忘了么？

怎么会忘呢。我当时一见你心就别了一下，事后我都不知道自己是怎么向你介绍保险的，那种感受难以用语言来表达。要不是我今天多喝了点酒，我也不会对你说。我真的一看见你就木头啦，不知道你有没有注意到，我连看都不敢看你一眼，嘴里给你介绍那些复杂透顶的险种，脑袋里其实是一片空白。

常羽摆出一种虚拟的表情听着桑蚕的述说，嘴角含着笑意，一侧面庞掩饰在昏暗里，另一侧则在壁灯的辉映下显得娇美动人。

从那时起我就喜欢上你了。你笑什么，你在取笑我？

没有，我怎么会取笑你呢。

你一定在取笑我，我真的喝多了。你拷机响了，快去复机吧。

常羽朝吧台走去，一股淡淡的馨香如兰的味道弥漫进桑蚕的鼻腔，使他额上的伤处隐隐作痛起来。

3

刘保和成卫东在玉泉饭店的客房里打扑克，室内的大屏幕电视里正在播一部美国电影。葛娜刚从浴室里出来，穿着一件藕色浴袍，蜷在面包一样的沙发里打电话，因为音响很大，她举起遥控器调低了电视机的声音。

喂，雪莉，你在什么地方，咖啡馆？和谁？果然是他，我猜到了。什么？你想品尝一下爱情的滋味，别恶心了。爱情又不是蛋糕。你今天不过来了？我一个人对付他们两个？叫尤丝露？他们不喜欢她，说她有口臭哈哈哈，你还是来吧，求你了，那就说定了，十一点在时代广场，不见不散。

葛娜重新调高了电视机音量，成卫东扬起脖子说，雪莉她什么意思。

她说要品尝爱情。葛娜说。

品尝爱情？让人笑掉大牙，雪莉把自己当成什么啦，活见鬼。成卫东说。

刘保把手里的牌一扔，在面包沙发上一屁股坐下，搂着葛娜说，雪莉自己就是一块让人品尝的蛋糕，还假惺惺当纯情玉女，不要脸。

刘保把手探进葛娜睡袍里，还是你安守本职工作。

葛娜将刘保推开，洗澡去，一身臭汗。

男人不臭，女人不爱，你说是不是喜欢我这身味道。刘保嬉皮笑脸道。

去你的，臭男人。喂，你袖口上怎么有血？葛娜失声叫起来。

哪儿，哪儿有血？刘保忙举起手腕来看。

哪是血呀，成卫东看了一眼，是中午吃肯德基薯条碰到的番茄汁。

对对，番茄汁。刘保说，我去洗澡了，卫东你去搞些熟菜，肚子有点饿了。

4

常羽回到桑蚕对面坐下，你刚才讲到哪儿了？对，从看到我的第一眼起就喜欢上我了。喜欢我什么呢？

我也说不上来，反正我当时一下子就傻了。你说说看，对我的第一感觉怎么样。桑蚕说。

我对你的第一感觉就是你傻了。常羽说。

你看出我傻了？桑蚕说。

我当然知道，连男人犯傻都瞧不出来，那也太不解风情了。常羽说。

可你掩饰得多好呀，一点都看不出来，好像连正眼也没瞧我一眼，弄得我凉了半截。桑蚕说。

你后来约我去参加舞会，我一点都没吃惊。常羽说。

看上去像是我设下的圈套，其实却是我落入了你的圈套。桑蚕说。

你落入的是自己的圈套。常羽纠正道。

就算我自己的圈套吧。对了，我刚才说的事你怎么想。桑蚕把话题又绕了回来。

你是说开书店的事？常羽说。

不一定非要开书店，也可以开别的。

桑蚕没说完，常羽忽然把话接了过去，那就开一家美容院吧。

美容院？我倒没有想到过，也不是不可以，只不过我不太熟悉这一行。桑蚕感到有点为难。

我一直想有一家自己的美容院，不要很大，有两间临街的门面就可以了，也不要很豪华，可以设计得雅致一些，生意一定会很好的。

让我想一想。桑蚕似乎有点动心了。

我忘了告诉你，我学过美容的，还有专业资格证书呢。如果我们的美容院开张了，我第一个为你服务。常羽说。

为了你这句话，我也要开一家美容院。桑蚕好像下定了决心。

你把美容院开出来，就没退路了。常羽说。

我推销保险什么苦没吃过，也明白了一个道理，世上没退路可退，所谓退路，就是死路。桑蚕说。

常羽莞尔一笑，对不远处的侍者说，给我来一杯杜松子酒。

酒来了,常羽朝桑蚕举起了杯,说,那么,预祝我们的美容院成功。

5

尤丝露打扮得花枝招展地敲响房门的时候,葛娜他们三个刚要出门。刘保说,尤丝露你今天真他妈性感,是假的吧。说着,出手很快地去捏了一下这个高挑女郎的胸脯。我说呢,几天不见刮目相看,原来是海绵呀。

和你有什么关系呢,我又没让你摸。尤丝露说。

要是你真有这么大该多好,不过你屁股长得还是不错的。刘保说。

尤丝露把头别过去,拉着葛娜的手走到一边,轻声说,我刚才坐出租车过来的时候看见雪莉了。

葛娜说,在什么地方看见她的。

在第四大街拐角的地方,她挽着一个人,胖胖的,好像朝蔓铃园方向过去了。

那就是我跟你说的卖保险的人。葛娜说。

尤丝露把嘴凑到葛娜耳边,我刚认识一个日本人,他喜欢小家碧玉型的女人,我准备把雪莉介绍给他。

葛娜说,你又不是不知道雪莉不喜欢日本人的,你自己去跟她说。

尤丝露说，什么日本人美国人，和钱睡觉又不是和人睡觉。那个日本人出手很大的，要不是他不喜欢我这种瘦瘦长长的，我还不愿意介绍给雪莉呢。

葛娜说，那你干脆把他介绍给我算了。

尤丝露说，那个日本人喜欢大奶子。

葛娜说，这么挑精拣肥，烦死了，待会儿雪莉要到时代广场去的，你和她说吧。

成卫东在一旁问，你俩嘀咕些什么？

刘保说，她们那些事？不用问也知道，不过你们听着，今晚你们哪儿都别去，娜娜，雪莉肯定会来吧？

葛娜回过头说，她说她来的，你们就惦记她，有我们俩还不够呀？

6

桑蚕和常羽从咖啡馆出来已是晚上十点，他们在第四大街朝西拐弯，朝蔓铃园走。夏夜的晚风一吹，桑蚕的伤口又隐隐痛起来，常羽对桑蚕说，上次你办的那个舞会，有一个坐在你边上的中年人是谁？

桑蚕说，那么多人你怎么只注意他呢？

常羽说，舞会上都是年轻人，只有他年龄比较大。

桑蚕说，他是我爸爸。

常羽说，那你爸爸还是很年轻的，儿子都这么大了，看不出来。

桑蚕说,你应该猜到的。

常羽说,你们长得不像,不过我猜是猜到的,我想他单独坐着,也不约人跳舞,只和你一个人说话,应该是你比较亲近的人。

桑蚕说,那你也应该猜到我是来让他作参考的。

常羽说,我发现你这个人在这方面特别没信心。

桑蚕说,不是这样的,我只是对你没信心,对别的女人我还是很放得开的。

常羽说,你这样一说,我倒要放不开了。

桑蚕朝四周看了看,不知不觉他们已走到了蔓铃园的喷泉旁,桑蚕扶着栅栏一侧的长椅说,我们坐一会儿吧。常羽看了一下表,说,很晚了,我该回家了。桑蚕说,那我送你。常羽说,不了,我叫辆出租车很快就到了。

7

刘保一行四人在时代广场大堂里站着,葛娜和尤丝露打扮得十分招摇,令来往的过客驻足回望。成卫东走到尤丝露身边说,你的海绵胸罩起作用了。

尤丝露白了他一眼,正式场合,放规矩点好么?

成卫东说,对不起,我忘记你现在是个淑女了。

葛娜板着脸看着成卫东。她朝尤丝露瞄了一眼,她的胸部确实有点夸张,葛娜的目光下移,忽然拉住了尤丝露,朝洗手间走去。

刘保说,你们去哪儿?

葛娜头也不回说,雪莉来了让她等一会儿,我们马上就回来。

尤丝露不知道发生了什么事,压低声调问,怎么啦?

葛娜说,你的丝袜抽丝啦。

尤丝露大惊失色,怎么会呢,刚换了一双新的。怎么办,我没带更换的。

葛娜说,我包里有一双备用的,给你吧。

尤丝露急急忙忙推开洗手间,葛娜拿出一双未启封的丝袜递给她。尤丝露一边换一边说,这两个家伙现在越来越放肆了。

葛娜说,告诉你一件事。今天我看见刘保衬衫上有血,我看肯定有事。

尤丝露说,真的?真吓人。

葛娜说,你没看见刘保手上那块表吗?是一块浪琴,他说是刚买的,可我一看就不是新的。

尤丝露说,要死了,这两个东西要死了。

葛娜说,你不要穿丝袜了,你的腿今天特别漂亮。

尤丝露说,是么?可能是光线的作用吧。

葛娜说,可能吧。

尤丝露说,这两个东西真是要死了。

葛娜说,你只当不知道,别招惹他们。

尤丝露说,关我什么事,我才不说呢。你说等雪莉来了,是不是要对她说。

葛娜说,随便你。

尤丝露说,你说雪莉和我到底谁漂亮?

葛娜说,各有各的味道吧。

尤丝露说,我觉得我比她漂亮,她就便宜在那个比较大。你说,我是不是要去隆胸?

葛娜说,不要吧,听说以后要生癌的。

尤丝露说,以后的事再说,也不是每个隆胸的都生癌。如果手术成功了,我就一点都不输给雪莉了。

葛娜说,你很黑心的。

尤丝露说,追求完美嘛。

葛娜说,那个日本人多大年龄了?

尤丝露说,大约四十岁吧。

葛娜说,男人这个年龄最吓人了,没完没了的,可以搞上两三个小时,最不合算了。

尤丝露说,反正看雪莉自己,又没人强迫她。对了,你们开美容院的事怎么样了?

葛娜说,比较麻烦。我和雪莉都被公安局拘留过,开美容院要治安执照的,这一关比较难通过。

尤丝露说,你们为什么非要开美容院呢?现在这样自由自在不是很好嘛。

葛娜说,干我们这行总不是长久之计,总要留条后路防老的。

尤丝露说，我是今朝有酒今朝醉，没想那么多，也不去想。

葛娜说，我告诉你一件事，雪莉的那个保险推销员可有意思了，认识几个月，连亲都没有亲过一下雪莉。

尤丝露说，是么？现在还有这么纯情的男人呀。

葛娜说，这说明人家雪莉会演戏嘛。

尤丝露说，你说的没错，雪莉是蛮会演戏的。

葛娜说，也不知道那个保险推销员是怎么想的。

尤丝露说，一定是胆子特别小的那种。

葛娜说，我看还是雪莉耍坏，她肯定装出一副纯洁的样子，不让他碰。

尤丝露说，反正他们终归要上床的，那傻小子真可怜。

葛娜说，我们出去吧，雪莉大概已经来了。

尤丝露说，想想真是吓人，这两个东西要死了。

葛娜说，别说了，就当什么也不知道。

8

她们重新出现在大堂，果然看见了雪莉。她正和刘保在说话，她的脸色很难看，看见葛娜和尤丝露出来，她向她们使了个眼色，然后扭身向外走去。葛、尤两人便也跟了出去，她们走到大街上，看见雪莉已经拦下了一辆出租车，朝她们喊,你们快上来。

葛娜和尤丝露刚准备上车,刘保和成卫东追了上来,葛、尤两人看着他们凶相毕露的样子,吓得大叫起来。葛娜反应快,立刻钻入了车厢,尤丝露却留在了外面。

在雪莉的示意下,出租车开动了。

惊魂未定的葛娜问前座的雪莉说,怎么啦?

雪莉说,刘保那家伙戴的手表不是他的。

葛娜没言语,看着反光镜里雪莉变形的五官,出租车飞快地在流光溢彩的大街上疾驰,把刘保和成卫东声嘶力竭的叫喊碾碎了。

雪莉说,你知道他们干了什么?

葛娜说,那只表是谁的?

雪莉说,这两个东西要死了。

9

此刻,桑蚕独自一个人走在回家的路上,他想起了第一次看见常羽的那个春天的傍晚,他彬彬有礼地走向前说,对不起小姐,可以打扰您一下么?

于是,他看见一张清纯秀丽的脸慢慢抬了起来。

写于1997年9月27日

水果布丁

华秋姬推门而入的一刻，韩回便认出了她。虽然他们从未谋面，韩回对华秋姬的面容并不陌生。她的应聘信和一张二寸彩照此刻正放置在韩回的案头。与本人比较，照片失真不大，这是韩回一眼认出她的原因。但华秋姬和韩回想象中还是有点不同。她个子比较高，而韩回原以为她是娇小玲珑的模样。华秋姬五官精致，眼睛水汪汪的，微微翘起的鼻尖和同样翘起的眼梢使她的面貌显得相当清秀，称得上朱唇皓齿。总之，就是人们通常说的那种美人。

在韩回示意下，华秋姬走到沙发边。她让包带从肩头滑下来，正襟危坐，看着考官一样的韩回。

您就是韩经理？她说。

是的，本人韩回，没认错的话，是华秋姬小姐吧？

她点点头，笑了一下，她看见面前这位年轻的人事部经理拿起她的报名照，在她脸上一扫，似乎在做一个确认。

履历上说你是满族人。

是的，我父亲是正黄旗，母亲是汉族。

刚才我在想，你会不会穿着旗袍出现。

你怎么会这样想？

我也觉得这种想法比较狭隘。

不过在美院读书的时候确实有人叫我格格的。

你在美院读的是实用美术？

本来我是油画系的，大二才转学实用美术，我打听过了，今年油雕院不会考虑应届生的，特别像我这样的外地生，更不可能。

你在应聘信里说，除了油画，你还喜欢诗歌，像你这样的姑娘很少有人喜欢诗歌了，不过你身上确实有点文艺气质，也许和你的这个爱好有关。

其实我喜欢诗歌是受父亲影响，他是个诗人，出过好几本诗集，还是作家协会会员。不过他的诗比较朴实，已经过时了。

我们公司这次招聘广告设计师，除了要求专业对口，还要求有一定的工作经验，这方面对你来说好像是个弱项。

的确我在实际工作方面经验不是很多，但我在寒暑假和实习期间到两家广告公司学习过。

这在你的自荐书中已经写了，我的意思是如果你有比较成功的企划案，录用的可能性就会大一些。要知道公司对户口在外地的应届生要求会更高一些，因为一旦录用了要解决许多附加的问题。

是的，我知道要留在上海这样的大城市是很困难的。我在口袋广告公司做过一套完整的VI，是一家药厂的，自己还是比较满意的，可惜后来那家药厂因为预算的原因没向外推广。

华秋姬从包里取出一本样册递过来,韩回见封面上是这样一行字:东明药厂有限公司CI手册(VI部分)。

韩回手势潦草地翻动,他并不是这方面的专家,他只是一个负责人事的经理。虽然是外行,但基本的审美告诉他,手中的这本样册创意上还是有些特别之处,精致的图案组合和漂亮的色彩搭配给人以赏心悦目的感受。他翻了几页,将目光投向华秋姬,脸上有了些许笑容。

这是我在口袋广告公司用苹果机设计的,可惜是彩色喷墨稿,如果是印刷品效果会更好一些。

我想是的,等一下,我接一个电话。

韩回拎起嘟嘟作响的电话,那头响起了鲁家风的声音,魔方,我现在在孔小明家,回头我和马琪到你这边来。

你来吧,三点钟在大堂等我。

搁下电话,韩回对华秋姬说,一个老同学,你的同行,也是吃广告饭的。

华秋姬哦了一声。

他待会儿到我这儿来,你有兴趣的话,一起聊聊天吧,公司对面新开了一家咖啡馆。

华秋姬看了韩回一眼,看得出她有点吃惊,不过对这个看似随意的邀请,她立刻点头同意了。

现在,空间不大的办公室内,这对素昧平生的青年男女不着边际地聊着天。为了掩盖表情中不自然的成分,韩回需要时不时翻动一下那本VI样册。而华秋姬手中没有类似的道具,所以她总在说话的间隙把鬓发撩到耳后去。他们大约闲聊了半个小时,韩回约好的另一名应聘者李莉莉敲响了门。她是一个留着齐耳短发的姑娘,抱着一叠纸袋走进来,怯生生问,请问是韩经理么?

韩回微微蹙了蹙眉,从桌案的一侧拿起李莉莉的应聘材料。照片上的她有一张讨人喜欢的娃娃脸,虽然习惯上人们认为这是一种难有作为的脸型,但现实生活中漂亮的圆脸姑娘并不鲜见。韩回甚至对此种类型的女孩情有独钟,他的初恋情人就有一张甜美妩媚的娃娃脸,他从一大堆应聘材料中发现李莉莉时还愣了一下。他感到照片上的女孩很像自己的初恋情人,但当她真的出现在眼前,他失望了。

现实中的李莉莉长相平凡,尤其失分的是还戴着一副眼镜(照片上没有),诚惶诚恐的神态显出几分土气。韩回在心里冲自己嘲笑了一下,他准备快速地翻过这一页。他朝华秋姬瞥了一眼,她正注视着自己的竞争者。韩回指了指沙发,李莉莉就坐在华秋姬旁边,韩回看了看表,说,你迟到了十分钟。

李莉莉说,是的,路上车很堵,我应该更早一些出门。

韩回挥了挥手,表示他可以理解,随即他问,你把作品带来了么?

李莉莉站起来把那叠纸袋交给韩回。

大约花了五分钟时间,浏览了一遍纸袋里的画稿和印刷品，韩回抬起头，李小姐，可以把它们暂时留下来么？

李莉莉浅浅地一笑，说，我只有这一份完整资料，我留下几件有备份的吧。

也可以。韩回说，我要给广告部看一下，他们的眼光更专业一些。

李莉莉就挪步过来，在材料中找出几件作品交给韩回，其余的重新装进纸袋，用线封好。然后像刚才进来的样子，将它们抱在怀中。

那么今天就这样吧，我们征询广告部意见后，很快会与你联系。韩回说。

李莉莉说，谢谢韩经理。不管怎样，请您都给我一个答复。另外，我的那些作品不要遗失了。

你放心吧，保证万无一失。韩回举起手中的画稿来加强他的承诺，我们很快会和你联系的，放心好了。

鲁家风和马琪在山鹰国际贸易大厦的大堂等韩回。马琪不放心地对鲁家风说，魔方真的会借么？鲁家风说，不会有问题，我们又不是白借，利息那么高。再说我们两个人向他借，作为老同学，他一定会给这个面子。马琪的目光一直关注着电梯那边，她说，魔方来了。鲁家风回过头去，果然看见韩回朝这边走来。

于是这对年轻夫妇一起直起腰来，他们的老同学快步走到了跟前。

你们好，来了一会儿吧。韩回说。

我们刚到。马琪说。

对了，介绍一下，这位是华秋姬小姐。这两位是我大学同窗，鲁家风，马琪。

华小姐，认识你很高兴。马琪伸出手。

我也是。华秋姬握了握马琪的手，然后又同鲁家风交换了这个动作。

我们找个咖啡馆坐坐吧。韩回说着朝外面走，三个人跟了上来。

玻璃门自动打开，穿过马路，是一条幽静的小道。这是一条颇有名气的酒吧街。当然这并不是说马路两侧只有酒吧。事实上，组成这条特色街的，除了酒吧之外，还有咖啡馆、日本料理店、韩国烧烤店，甚至还有画廊和高级时装屋。韩回在一家咖啡馆门口站定。咖啡馆叫"黑奴和皇帝"，光怪陆离的店招在这条街上司空见惯，就像匪夷所思的摇滚乐队的名称一样。

这是一家刚开张的咖啡馆，门面人为地被做旧。复古和怀旧是世纪末的时髦，韩回这样的白领喜欢这种充满小布尔乔亚情调的所在。他对鲁家风他们说，要不就在这里坐一会儿吧。

于是，他们走进了"黑奴和皇帝"。

因为是下午，咖啡馆里比较冷清，一个女侍趴在吧台上打盹。在室内昏暗的一隅，浮现出一个青年男子的轮廓。他束着长发，看不清面目。这个孤寂的人像在等那个永远不会出现的戈多，凝固的姿势说明他有良好的耐心。韩回找了个地方坐下来，他甚至没有朝那个角落多看一眼，貌似怪异的各式人等在咖啡馆并不稀罕，韩回已是见多不怪。

有人推门而入，那女侍立刻回过神来，连缓冲也不需要，一下子就饱满起精神。她明亮的嗓音使韩回有点不适应。韩回想，你至少应该先打个哈欠再说话吧。

你们好，欢迎光临。女侍手持饮料簿在刚落座的四个人跟前站定，脸上是模式化的亲切笑容。她留着清汤挂面式的短发，长相清纯，像个勤工助学的女大学生，也不排除只是长得像女大学生的职业侍者。

喝点什么？

胖子，咱俩来扎生啤吧。韩回对鲁家风说。

两位小姐要点什么？

我要一杯红茶。马琪说。

我也来一杯红茶吧。华秋姬说。

要不要加奶？

不要加奶。马琪说。

我要加两片柠檬。华秋姬说。

女侍在账单上记录着，又问，要不要来点零食，我们这儿有腰果、台湾话梅、干鱼片……

韩回说，来一份腰果，还有干鱼片。

把头转向华秋姬，你喜欢吃什么？

华秋姬想了想，对女侍说，你们这儿有没有水果布丁？

女侍说，对不起，我们没水果布丁。

华秋姬说，那就算了。

韩回又去问马琪，玛丽，你要什么？

马琪说，算了吧，别那么复杂了。

韩回就对女侍说，那暂时就这些吧。

女侍微笑着离开了。

韩回说，华小姐，你面前的这位可是广告界风云人物。

鲁家风阻止了韩回，对华秋姬说，别听他夸大其词。

韩回说，我这位老同学比较谦虚，一夸他就冒汗。其实我没瞎说，前两年本城搞广告精英评选，他还得了广告先生称号呢。

鲁家风说，陈谷子烂芝麻的事，有什么好提的。

韩回说，华小姐也是做广告的，她可是冲着你才来的。

鲁家风说，我的情况你又不是不知道，败军之将有什么可谈。咱聊些别的吧，要不，唱歌也行。小姐，请你拿歌单来好么？

那位女侍手执托盘走了过来，将扎啤、红茶和零食在桌上次第放好，笑着问，真要唱歌么？

鲁家风说，是的，唱歌。

女侍就走到吧台，取来两本厚厚的歌单。

鲁家风将歌单分别递给马琪和华秋姬，你们两位先唱，我去一下就来。说着朝韩回递了个眼色，示意他一起出去。

韩回站了起来,手在华秋姬肩上轻轻按过。用这个动作表示了缺席的歉意。华秋姬回眸报以浅浅一笑。他嘴唇抿了一下,和鲁家风一起走了出去。

马琪拿起歌单,说,华小姐,你喜欢唱什么歌?

华秋姬注视着昏暗中那个束着长发的身影。听到询问,她有点恍惚地回过神来,随便吧,其实我唱不来歌的。

怎么会唱不来呢,现在的姑娘哪个没几首拿手歌呢?马琪说。

我真不会唱,你先唱吧。华秋姬说。

那我就不客气啦,算是抛砖引玉,唱得不好,华小姐别见笑。

你一定唱得很好,看得出来的。

马琪微笑着在点唱纸上写了两首歌名,交给那个短发女侍。

两只悬挂的电视机同时亮了,马琪走到吧台一侧的小电视机那边去,屏幕上显示出来的是《夜来香》。

马琪舒缓浪漫的嗓音响起来,华秋姬把目光又移向了那个孤独的青年。他的形象在她看来似曾相识,不过记忆没告诉他是谁,她想找到答案。

但这一次回头,长发男子却不见了。华秋姬好生奇怪,这是一间不过一百平方米的房子,似无合适的地形可供突然隐匿。而她坐的位置靠近大门,若有人经过也不会被忽略。华秋姬皱了下眉头。

马琪唱得不错，一曲甫毕，华秋姬鼓起掌来。马琪接下去唱了首《嘉年华》，风格与上一首的婉约不同，较为奔放，看得出同是她的保留曲目。唱到中途，外边有人推门而入，走在前面的是脸色阴霾的鲁家风，后面的则是平静如常的韩回。马琪的麦克风停止了传送，她轻轻将它握在手中，看着两个人落座。韩回笑吟吟地对她说，唱呀，为什么停下来，把它唱完。

马琪的目光在丈夫脸上掠过，举起话筒继续唱歌。她唱得明显没刚才好，连吐字与字幕基本的吻合也没有做到。

华秋姬感觉到身边人物的心绪正在发生微妙变化。她喝了一口红茶，柠檬的清香沁入她的心脾。这时又有人推门进来，是一个头戴纱帽的漂亮女郎。她朝昏暗的角落走去，与华秋姬擦袖而过。周遭突然弥漫起来的香水味浓郁而芬芳，华秋姬目送着她，看见她在某个位置坐下，便又把注意力回到韩回和鲁家风身上。

马琪唱完《嘉年华》最后一个音符，韩回击掌以示称赞，鲁家风一动不动。华秋姬双手也轻轻拍起来，她觉得气氛越来越不对头了。

马琪把身体再次转向桌子这边，鲁家风打了个响指，他对那女侍说，给我来一首大点声的歌。

什么叫大点声的歌？女侍微笑着说。

就是能喊上一喊的歌，像《少年壮志不言愁》。鲁家风说着，走到马琪身前，拿起话筒，华秋姬看见他深深吸了口气,然后像屏住了呼吸,屏幕上显示出了《少年壮志不言愁》的画面,鲁家风的歌喷薄而出:几度风雨几度春秋……

马琪看着鲁家风,再去看韩回,回到自己的位置,心思重重地坐下来,似乎想掩饰什么似的,对一侧的华秋姬说,华小姐,你也去点首歌唱吧。

韩回也在一边怂恿说,唱一首吧,给,歌单。

华秋姬说,我唱不好的,那就来一首《梦醒时分》吧,我比较喜欢陈淑桦的歌。小姐,你们这儿洗手间在哪儿?

女侍指了指屋子的那头,华秋姬便站起来,朝女侍所指的方位走去。令她迷惑的是,刚才那个头戴纱帽的漂亮女郎也不见了。她的脚步不禁变得迟缓起来,眼睛朝两边观察着,她终于发现了其中的奥妙。在房间里侧,有两排半封闭的火车式包厢,靠背做得很高。从她坐着的位置看过来,像一堵隔屏状的墙壁。由于入口在另一面,华秋姬并不能看到其内部。由此拐弯,穿过一道窄小过道,就是洗手间了。

华秋姬在包厢旁故意停顿了一下,她隐约听到一些细琐的声音,脸不禁红了,连忙上前几步,推开了洗手间的门。

片刻,有人也出现在洗手间内。站在镜子前的华秋姬从玻璃中看去,是那个纱帽女郎。她从坤包中取出唇膏,开始补妆,她的面庞在暖色光线下,甘美如饴,不过那是粉底的因素。她面带孤傲,黛色眼影中的目光朦朦胧胧。华秋姬离开镜子,推开门回到屋内,她看见了那个长发青年的身影。

鲁家风高昂的歌声在小小的空间里回荡,长发青年挟着一件短外套扬长而去。华秋姬看着昏暗中的那个座位,纱帽女郎已端坐于彼,指间有一支纤长的女士烟,白色的烟雾在灰暗的布景中装点出虚假的诗意,鲁家风的《少年壮志不言愁》也在此刻戛然而止。

我们走吧。鲁家风对马琪说。

不再坐一会儿了?韩回喝了一口啤酒。

不了,魔方,你和这位小姐多待一会吧。鲁家风笑了笑,笑得并不生动。

现在,咖啡馆恢复了它原先的冷清。室内只有三个客人,韩回、华秋姬和那个纱帽女郎,这是一个生意萧条的下午。华秋姬说,韩经理,你的同学怎么叫你魔方?

韩回说,大学里同学们玩魔方总是我以最快的速度复原,他们就给了我这个绰号。

你同学走的时候好像不太高兴。

有一点吧,他的广告公司出了点问题,这一行的饭不好吃啊。你的《梦醒时分》来了,去唱吧。

华秋姬走到小电视机前。此时,有人推开了咖啡馆的门,是那个短发女侍。她说,外面起风了,也许马上就要下雨了。她手里捧着一只彩色纸盒,放在韩回面前的茶几上,她说,你们要的水果布丁买来了。

正在唱歌的华秋姬回过头来,她看见韩回冲着她微微一笑,她也笑了一下。她的歌重新在麦克风中响起,韩回轻轻用手打着节拍,凝视着华秋姬匀称的身影,心里想,她穿上旗袍会是什么样子呢。

写于 1997 年 8 月 16 日

出梅

在真正的梅雨节气，工人新村里撑伞的居民都是神色匆匆的。他们的裤腿被濡湿，如果没有必须要干的事，是没有人愿意走出户外做一个落汤鸡的。雨季在正常情形下，将持续半个月。如果届时还阴雨不绝，就可能是倒黄梅。那么整个雨季将延长至一个月甚至更久，这是人们所不愿意看到的情况。

工人新村里出现了一个美人。1993年7月，一年一度的黄梅天准时光临了本城，美人握着一把碎花尼龙伞朝公用电话间款款走来。

在此之前，我们都没见到过这个烫着一头大波浪发式的漂亮女人。

现在，公用电话间里的两个高中生从座位上站了起来，在原本不大的空间里来回走动。很快，他们选好了地形，那是一个不规整的直角。烫大波浪的漂亮女人走进了电话间，两个高中生不动声色地向她聚拢。美人将滴水的碎花尼龙伞收好，插在门侧的塑料桶里。她来到电话机前，拎起话筒，开始拨转盘。

她的手指白皙、修长，有一层薄薄的丝般的光泽。她胸前的纽扣上别着一对逸出幽香的小栀子花。她蹚水而来，趿着粉红色的拖鞋，却多此一举穿着带蕾丝的齐踝丝袜。她把电话拨通了，轻声轻气地与话筒里的人说话。总之，这个女人在两个高中生眼里显得异常妩媚。

两个高中生从不同的侧面注视着美人，一直等到她挂下话筒，离开电话间。他们才好像回过神来，奔进雨中，朝那个修长的背影追逐而去。

可是，这仅仅是一幕看上去要发生点什么的场景，事实的结果是什么也未发生。两个高中生谁也没敢上去搭讪，他们只是装得若无其事一样跟在漂亮女人后面。他们越来越沮丧，因为他们一直是很好的拍档。他们的配合向来珠联璧合，是一对油嘴滑舌的英俊小生。然而此时此刻，他们的勇气都消失得无影无踪了。他们海绵拖鞋里的光脚板在积水里踩出片片无聊的水花，撩高的裤卷露出爱踢足球的结实的小腿。他们把双手盖在头顶上，超到漂亮女人的前面去。把头掉了过来，然后是几步一回头，几步一回头，像是依依惜别。美人把脸微微偏开，脚步跟着变动了方向，拐进一条分岔里去了。

高中生甲和高中生乙躲在某个屋檐下开始互相埋怨，指责对方是胆小鬼。吵了一会儿，又重新回到电话间里来，因为他们想起来刚刚各给自己的女友打过一个传呼。

高中生乙的回电已经来过了，电话间老太告诉他。她将刚才的一幕全收进了眼底，看见两个活宝垂头丧气的样子，幸灾乐祸地对他们说，怎么这么快回来了？

高中生乙装蒜道，我们去买了包烟。

电话间老太冷笑了一声，吃着碗里的，看着锅里的。

高中生甲朝电话间老太瞥了一眼，手探进裤袋，掏出一根有点弯曲的香烟，用手指将它搞直，叼在嘴上。又从另一只裤袋里挖出一只打火机，啪地打响，火焰哆哆嗦嗦地跳起来了。高中生甲将烟点燃，在长板凳上坐下，跷了一个二郎腿。

这期间，电话铃声不时响起，高中生乙站在电话间门口，好像在观察雨何时可以停下来。高中生甲的回电终于来了，他从电话间老太手中接过话筒，香烟粘在嘴唇片上，小白棍一颤一颤的。他用很漫不经心的腔调说话，他刚才失去的自信这会儿似乎又恢复了。他让女友现在就过来，然后不容分辩地挂下了话筒。

六七分钟后，两个高中生来到了一幢兵营式工房三楼的一间房间。高中生甲从冰箱里拿出一瓶啤酒，找来两只杯子，分别斟满，递给搭档一杯。两人装模作样举杯撞了一下，五秒钟后，向对方展示了一个空荡荡的杯底。

两个年轻人来到阳台上，一边抽烟一边望着远处。他们开始反省今天失败的原因，他们其实已有了答案，之所以没有与美人说上话，是因为被她出众的容颜与文雅的气质震慑住了。在她高贵的仪态面前，他们低下了一贯傲慢的头颅。

这姑娘真是漂亮，我一下子都没能回过神来。高中生乙说。

你说对了,我像被什么东西打了一下,变得傻乎乎的。

他们把烟头朝阳台下一扔,回到屋里来。倒在地席上看天花板,那儿有几块水渍,有一块是新出现的,肯定与此时的梅雨季节有关。它在高中生甲眼中是猴子,而高中生乙则说是一只臭虫。

他们在这个毫无意义的问题上争执起来,最后他们终于妥协。高中生甲承认他看到了一只长得像臭虫一样的猴子,而高中生乙看到的则是像猴子一样的臭虫。

尽管他们对那摊水渍的视点如此不同,但对那个胸前别着小栀子花的女人,看法却完全保持了一致:那是一个难得的美人。

高中生甲的女友大约在半个小时后敲响了房门,她是一个扎马尾辫的圆脸姑娘,和她一块站在门外的还有一个体形偏瘦的长脚女孩。她们也是一对搭档,同时分别是两名高中生的女友。如果再进一步考察他们之间的关系,他们还是同一所学校同一个班级的同学。这种二加二的格局在校园并不鲜见,一般萌芽于初中,在高中结盟,高考后分道扬镳。

高中生乙的女友,也就是那个长脚女孩,进门就损了一顿留板寸头的高中生乙,责问他为什么打了传呼又走开。然后她走过来抱住那只板寸头,在上面没轻没重地拍打了几下。不料她刚松手,耳边就呼地刮过来一阵风,一记响亮的耳光印在她娇嫩的面颊上。

高中生甲和扎马尾辫的圆脸姑娘看见五根粉红的指印朝自己眼眶扑来，不由往后退了两步。

高中生乙笑了，露出一口整齐的牙齿，他的笑在此刻显得惊心动魄。

随后我们可以看见那个长脚女孩像一只张开翅膀的鹭一样飞翔起来，她纤细而有力的手抓住了一把乌黑的头发。于是高中生乙的嘴离开了原来的位置，在鼻子和耳朵中间逗留了好一会儿，像一个夸张的问号，使高中生乙的面孔四分五裂。

于是，高中生乙失去了女友。受到株连，扎马尾辫的圆脸姑娘也立刻与高中生甲划地绝交。从这里可以看出，义气是不分性别的，不一定非得是男人的专利。你看，为了挽回小姐妹的尊严，扎马尾辫的圆脸女孩在爱情与友谊之间毫不犹豫地选择了后者。她用女性特有的冷漠使神气活现的高中生甲露出了失落的表情，算是为姐妹报了一记耳光之仇。

两个高中生再次出现在电话间，他们已没有了传呼的对象，这使他们可以轻装上阵。漫长的守株待兔开始了，四天后，他们的目标在一片细雨深处逐渐显得真实。她走近了，收拢了伞。与上次大致相同的装束，胸前的纽扣上别着小栀子花，她走进电话间开始拨一串电话号码。

电话间老太乜斜着两名神态诡异的高中生，脸上有一种意味深长的讽刺。她冲着高中生甲似问非问道，你们成天在这儿泡着，不上课啊？

你忘了现在是放暑假。

噢，放暑假。

对，放暑假。两个高中生不知为什么笑了起来，起初他们仅仅是相视一乐，随后开始真正地笑起来，彼此拍打肩膀，眼泪也笑了出来。

电话间里的人把视线集中在他们年轻的面孔上，那些奇怪的目光中也包含那双楚楚动人的眼睛。

她有点诧异地看着两个傻笑的小伙子，对电话那头说，噢，没什么，有人开心了笑呢，你几时回来吃饭？加班？那就不等你了，早点回来。

她将话筒搁在叉簧上，交了话费，撑着伞走出去。

于是，在这个梅雨天的下午，两个将手斜插在裤袋里的高中生再次开始了尾随。他们的脚在雨中踩得啪啪响，装出一副漫不经心的腔调，走到她前面去，随即来了一个漂亮的转身，拦住她的去路。

他们放肆的举动并未让她吃惊，早料到他们会来这一招似的，只是把头缓缓偏开，加快了步伐，从他们身边绕了过去。

她的反应让两个高中生大感意外，按他们的心理，她必然要惊慌一下子，或者，至少要装出惊慌的神态。可她居然就这样轻描淡写地走过去了，居然对矗立在面前的膂力方刚的两个年轻人如此不屑一顾，这不禁使他们呆若木鸡。

等他们回过神来，美人走远了。他们面面相觑，差不多要哭出来了,他们后来基本上是异口同声地骂了句很难听的话。

隔天,是学校组织的暑期活动,让学生们返校听劳模报告会。高中生甲和乙走到操场就看见各自的前女友在树下乘凉,他们迟疑了一下,朝那棵树走去。两名女高中生其实早就注意到他们了,看见他们走来,作熟视无睹状,依然谈笑自如的模样,把背脊留给正在接近的两位英俊小生。直到他们在身边站定,才用一种无意间抬头的姿势将他们纳入眼中。

高中生甲首先同扎马尾辫的圆脸姑娘搭上了腔,然后乙也加入了谈话。在操场上盘腿而坐的长脚女孩始终在撕草的叶片,脸腮上挂着与梦幻依稀仿佛的蓝色微笑。她一直没作声,保持机械而凝固的姿态。毫无疑问,那记耳光仍留在她面颊上,她并不想原谅乙。

这个场景保留了七八分钟,高中生甲乙告辞了。离开前,他们向还在撕草的长脚女孩说了声再见。但没得到反馈,高中生甲乙哼着小调加入到一支女生队伍里去了。

他们在女生中间用言语拈花惹草,女生们一边骂一边笑,有两个资格老的还厚着脸皮与他们打情骂俏了一番,最后她们脸红了,跳出圈外,骂道,下作坯。

长脚女孩不知什么时候出现在乙的后面,身旁还站着一个人高马大的年轻人。扎马尾辫的圆脸姑娘神色紧张地看着长脚女孩,那个高大的年轻人把手搭在乙的肩膀上,乙慢慢将脸转了过来。

乙看见那个陌生的年轻人正冲着自己微笑，他下巴上有颗痣，眼睛像蚂蟥一样细长。乙的注意力转移到长脚女孩脸上，他看了看前女友嘴角边的嘲笑就知道要发生什么事了。

此刻，高中生甲正沉浸在与女生们打闹的快乐中，并未注意到乙跟着蚂蟥眼朝操场那头的小树林走去，而乙也没在这关键的时刻叫上甲。当然这很好理解，乙不想把好朋友牵扯进去，也不愿在两个女同学面前显得胆小如鼠，他要用单刀赴会来证明自己绝不是贪生怕死之徒。

于是，两男两女四个年轻人走进了操场边缘那排挡箭牌一样的小树林。

扎马尾辫的圆脸姑娘拉了拉长脚女孩的袖口，表情中有掩饰不住的紧张。可长脚女孩坚决地跟着前面的两个男人，一朵花儿般的笑容种在嘴角上，好戏终于开场了。

非常遗憾，单纯的英雄主义并没能帮上高中生乙的忙，他被揍得不轻。对方块头至少要比他大一号，当然，乙并不是小个子，他在班级男生中算得上魁梧的一个。可比起眼前这位，就要差一截了。如果做一个形容，就像一个足球运动员在一个拳击手面前一样。乙的鼻子出血了，脸上出现了一块青瘀。乙快支持不住了，脚步也有了一点醉意。可战争永远存在着两面性，如同惊险电影中常见的镜头那样，在这万分紧急的关头，反败为胜的奇迹发生了。

局面的改变是因为高中生甲的突然光临，他像风一样骤然而至，或者说，他像挟着一阵风奔进了现场。几乎没任何犹疑，他就从后面奋力一推，将蚂蟥眼推向一棵树。于是，高中生乙在危难中被解救了出来。

紧随高中生甲而来的扎马尾辫的圆脸姑娘看见蚂蟥眼软软地瘫下，她用手掌捂住了嘴巴。正是她叫来了甲，从而改变了这次斗殴的结局。她是个本质善良和胆小的姑娘，她不喜欢看到一个人被另一个人毫无抵抗的殴打。所以她偷偷跑出去告密，把正同女学生说笑的高中生甲引到小树林来。

高中生甲将毫无防备的蚂蟥眼推向了一棵树，然后等着他爬起来反击。可是，蚂蟥眼被撞晕了，缓慢地，像一件风衣一样滑落在地上。过了很长时间才把眼睛张开，看了高中生甲一眼，把双臂朝两旁一摊，目光中忽然充满了笑意，说道，好好好。高中生甲没有再继续进攻，他从那片笑意中体察到了令人战栗的凶光。他不由往后退了半步，将受难兄弟搀扶起来，一声不哼地走出了小树林。

谁都可以猜出，事情并没结束。这一点，高中生甲乙也是清楚的。虽然他们口头上不说，心里却知道危险随时都会降临。更糟糕的是，他们在明处，不知暗中盯梢他们的人隐藏在哪个角落里。高中生甲觉得自己像一只长得像臭虫一样的猴子，高中生乙觉得自己像一只长得像猴子一样的臭虫。他们神情紧张，生怕被黑暗中窜出来的某个阴影吞噬掉。

他们的关系更加亲密了，几乎形影不离，把自己关在那幢兵营式的工房里。也很长时间没去电话间了，他们好像不再惦记那个胸佩小栀子花的美人了。注意力在自身的安全上，出入双双，裤袋里各自藏着一把水果刀。

终于有一天，乙向甲发了一通火，他责问甲为什么那天到小树林来，如果没有甲的出现，一切早就结束了。乙的意思是，自己被蚂蟥眼揍完了，一切也好有个了结，不用像今天这样提心吊胆，成天躲在房间里，活得那么丧气。

高中生甲看着乙，手在桌子上敲了一下，起身到阳台上去了。

高中生乙在房间里辩解，我不是那意思，其实我是感谢你的，可……

甲打断他，说，你快过来。

乙走到阳台上，朝楼下张望，看见那个握着碎花尼龙伞的漂亮女人在款款行走。高中生甲说，我们下去找她吧。

高中生乙没反对，说，我要先小个便。

高中生甲说，那我先下去了，我得截住她，今天非让她开口说话。

高中生乙在卫生间里一边撒尿一边打开自来水抹在头发上，使发型变得光滑整齐。他对着镜子理了理衣领，抽了一下抽水马桶，下楼和高中生甲会师了。

然而，高中生乙没遇见甲，那个美人也消失了踪迹。乙站在新村中央的圆坛间，很奇怪这么短的时间甲会走到哪儿去。还有那个美人，怎么也一下子不见了呢？

乙在圆坛边的方石凳上坐下来，他思忖，甲一定是把美人挟持到哪个角落里去了。

乙找了一会儿，没有看见甲。这时他重新发现了那个美人，她正在烟杂店买东西，乙看见她楚楚动人的背影，心里有一种不好的预感，甲到哪里去了呢？

美人买好东西，朝乙站着的方向走来。乙把头低下，从裤袋里摸出一支烟，他把烟点燃的时候，美人从他跟前走了过去。

乙注意到，美人经过跟前时，眼光朝他身上瞄了一下。她好像还笑了笑，她在笑什么呢？也许是自己梳理得特别光溜的头发吧。

乙继续寻找甲，这一次，他把范围扩大到整个工人新村，但他始终没有找到甲。于是，吃晚饭的时候，乙乘车来到了城西甲的外婆家。老眼昏花的外婆说她半个月没看见甲了。乙又来到扎马尾辫的圆脸姑娘家，但扎马尾辫的圆脸姑娘同样不知道甲的下落。乙独自坐在街沿上，他隐约猜到甲发生什么事了。

高中生甲是在两天后被一个扫地的老校工发现的。在甲就读的完全中学那片挡箭牌一样的小树林里，甲被悬挂在一棵树上。他的肚皮上插着一把水果刀，脸色像纸一样白，乙闻讯赶来的时候，甲已被公安和法医弄走了。扫地的老校工把那棵树指给他看，乙哭了。

1994年7月，一年一度的梅雨照例光顾了本城。在经过半个多月的阴霾之后,出梅的日子即将来临。工人新村中央的圆坛旁,一个北方口音的中年人在给一个烫大波浪发型的女人占卜。女人手里握着一把碎花尼龙伞,胸前的纽扣上别着逸出幽香的小栀子花。她把白皙、修长的手指展开,中年人抠了抠眼角的眼屎,说,人的命运神秘叵测,像你这样一位漂亮姑娘,你会相信杀人害命的事在你身边发生么?你不会相信,可也许悲剧已经发生过了。许多事因你而起,而你永远也不会知道真相。你或许不知道我说的是什么?可你的命相告诉我,这个世界上有人因为你死去了,你却连这个人的名字也不知道。

烫大波浪发型的女人把手缩回去,身旁一个怀抱婴儿的男子说,别听他瞎扯,我们回家吧。

于是这对年轻夫妇离开了圆坛,女人偷偷对丈夫说,算命先生好像不是在瞎扯。今年黄梅开始,我经常做一个梦,我看见一个小伙子被杀死了挂在树上,我好像在哪儿见到过他,可一点也想不起来他是谁了。

写于1996年11月30日